W0354759

Dieses Taschenbuch enthält fünf Erzählungen von Honoré de Balzac (1799–1850):

– die Geschichte von einer hinreißend damenhaften und wunderbar mütterlichen Frau in der Normandie zur Zeit der Revolution
– den Bericht von dem unerhörten Opfergang einer spanischen Adelsfamilie zur Zeit der französischen Besatzung unter Napoleon
– die schlichte, fast tolpatschig vorgetragene aber doch erstaunlich treffsichere Kaiser-Chronik eines Invaliden
– die unverschämt freche Mär von der erstaunlichen Manneskraft eines Greises, in amüsant altertümelndem Stil
– die Erzählung von einer seltsamen Gefährtenschaft zwischen einem versprengten Soldaten und einem Pantherweibchen.

Dem französischen Originaltext ist Seite für Seite und Absatz für Absatz eine deutsche Übersetzung gegenübergestellt.

dtv zweisprachig · Edition Langewiesche-Brandt

HONORÉ DE BALZAC

NOUVELLES EXEMPLAIRES

MEISTERERZÄHLUNGEN

Übersetzung von Ulrich Friedrich Müller und Richard Fenzl

Deutscher Taschenbuch Verlag

Die ersten drei Erzählungen sind übersetzt von
Ulrich Friedrich Müller,
die beiden letzten von Richard Fenzl.

Originalausgabe
1. Auflage 1988. 2. Auflage Juli 1992
Deutscher Taschenbuch Verlag GmbH & Co. KG, München
Rechte an der Übersetzung beim dtv
Umschlaggestaltung: Celestino Piatti
Gesamtherstellung: Kösel, Kempten
ISBN 3-423-09250-5 · Printed in Germany

Le Requisitionnaire

Par un soir du mois de novembre 1793, les principaux personnages de Carentan se trouvaient dans le salon de madame de Dey, chez laquelle l'*assemblée* se tenait tous les jours. Quelques circonstances qui n'eussent point attiré l'attention d'une grande ville, mais qui devaient fortement en préoccuper une petite, prêtaient à ce rendez-vous habituel un intérêt inaccoutumé. La surveille, madame de Dey avait fermé sa porte à sa société, qu'elle s'était encore dispensée de recevoir la veille, en prétextant d'une indisposition. En temps ordinaire, ces deux événements eussent fait à Carentan le même effet que produit à Paris un *relâche* à tous les théâtres. Ces jours-là, l'existence est en quelque sorte incomplète. Mais, en 1793, la conduite de madame de Dey pouvait avoir les plus funestes résultats. La moindre démarche hasardée devenait alors presque toujours pour les nobles une question de vie ou de mort. Pour bien comprendre la curiosité vive et les étroites finesses qui animèrent pendant cette soirée les physionomies normandes de tous ces personnages, mais surtout pour partager les perplexités secrètes de madame de Dey, il est nécessaire d'expliquer le rôle qu'elle jouait à Carentan. La position critique dans laquelle elle se trouvait en ce moment ayant été sans doute celle de bien des gens pendant la Révolution, les sympathies de plus d'un lecteur achèveront de colorer ce récit.

Madame de Dey, veuve d'un lieutenant général, chevalier des ordres, avait quitté la cour au commencement de l'émigration. Possédant des biens considérables aux environs de Carentan, elle s'y était réfugiée, en espérant que l'influence de la terreur s'y ferait peu sentir. Ce calcul, fondé sur une connaissance exacte du pays, était juste. La Révo-

Der Rekrut

An einem Novemberabend des Jahres 1793 befanden sich die wichtigsten Persönlichkeiten von Carentan im Salon der Frau von Dey, bei der man sich jeden Tag versammelte. Besondere Umstände, die in einer großen Stadt weiter keine Aufmerksamkeit gefunden hätten, in einer kleinen aber starkes Aufsehen erregten, verliehen dem gewohnheitsmäßigen Treffen diesmal ausnehmendes Interesse. Zwei Tage zuvor hatte Frau von Dey der Gesellschaft ihre Tür nicht geöffnet, und auch gestern hatte sie, eine Unpäßlichkeit vorschützend, von dem Empfang Abstand genommen. Schon in normalen Zeiten hätten diese beiden Ereignisse in Carentan die gleiche Wirkung gehabt, wie wenn in Paris alle Theater zugleich Ruhetag hätten: an solchen Tagen ist das Leben irgendwie nicht vollständig.

Im Jahr 1793 jedoch konnte das Betragen der Frau von Dey die unheilvollsten Folgen haben; denn damals wurde die geringste Auffälligkeit im Verhalten für Adelige fast immer eine Frage von Leben und Tod. Um die prickelnde Neugier und die verschmitzten Gedanken richtig zu verstehen, die an jenem Abend die Gesichter all dieser Leute aus der Normandie belebten, vor allem aber um die heimliche Verlegenheit der Frau von Dey nachfühlen zu können, muß man sich mit der Rolle bekanntmachen, die sie in Carentan spielte. Da die kritische Lage, in der sie sich zu dieser Zeit befand, gewiß die gleiche war, wie sie viele Menschen während der Revolution durchlebt haben, wird die innere Anteilnahme diesen Bericht für mehr als einen Leser vollends farbig machen.

Frau von Dey, die Witwe eines Generalleutnants und Ritters hoher Orden, hatte den Hof zu Beginn der Emigration verlassen. Sie besaß in der Gegend von Carentan große Güter und hatte sich in diese Stadt geflüchtet, weil sie hoffte, der Einfluß der Schreckensherrschaft werde dort nicht so fühlbar sein. Diese Berechnung, die sich auf eine genaue Kenntnis von Land und Leuten gründete, war richtig

lution exerça peu de ravages en Basse-Normandie. Quoique madame de Dey ne vît jadis que les familles nobles du pays quand elle y venait visiter ses propriétés, elle avait, par politique, ouvert sa maison aux principaux bourgeois de la ville et aux nouvelles autorités en s'efforçant de les rendre fiers de sa conquête, sans réveiller chez eux ni haine ni jalousie. Gracieuse et bonne, douée de cette inexprimable douceur qui sait plaire sans recourir à l'abaissement ou à la prière, elle avait réussi à se concilier l'estime générale par un tact exquis dont les sages avertissements lui permettaient de se tenir sur la ligne délicate où elle pouvait satisfaire aux exigences de cette société mêlée, sans humilier le rétif amour-propre des parvenus, ni choquer celui de ses anciens amis.

Agée d'environ trente-huit ans, elle conservait encore, non cette beauté fraîche et nourrie qui distingue les filles de la Basse-Normandie, mais une beauté grêle et pour ainsi dire aristocratique. Ses traits étaient fins et délicats; sa taille était souple et déliée. Quand elle parlait, son pâle visage paraissait s'éclairer et prendre de la vie. Ses grands yeux noirs étaient pleins d'affabilité, mais leur expression calme et religieuse semblait annoncer que le principe de son existence n'était plus en elle. Mariée à la fleur de l'âge avec un militaire vieux et jaloux, la fausseté de sa position au milieu d'une cour galante contribua beaucoup sans doute à répandre un voile de grave mélancolie sur une figure où les charmes et la vivacité de l'amour avaient dû briller autrefois. Obligée de réprimer sans cesse les mouvements naïfs, les émotions de la femme alors qu'elle sent encore au lieu de réfléchir, la passion était restée vierge au fond de son cœur. Aussi, son principal attrait venait-il de cette intime jeunesse que, par
8 moments, trahissait sa physionomie, et qui donnait
9 à ses idées une innocente expression de désir. Son

gewesen. Die Revolution richtete in der nördlichen Normandie wenig Unheil an. Obwohl Frau von Dey früher – wenn sie kam, um ihre Güter zu besuchen – nur mit den Adelsfamilien der Gegend verkehrt hatte, hatte sie jetzt aus politischer Klugheit ihr Haus den bürgerlichen Honoratioren und den neuen Behörden geöffnet, wobei sie sich bemühte, deren Stolz über diese Errungenschaft zu wecken, ohne Haß oder Eifersucht zu erregen. Sie war liebenswürdig und gütig und besaß die schwer zu beschreibende Sanftheit, die zu gefallen weiß, ohne sich gering zu machen, und zwar durch ein feines Taktgefühl, dessen kluge Mahnungen es ihr möglich machten, sich auf der heiklen Grenze zu halten, auf der sie den Forderungen dieser gemischten Gesellschaft Genüge tun konnte und dabei weder die Emporkömmlinge noch ihre alten Freunde in ihrem störrischen Selbstbewußtsein kränkte.

Sie war ungefähr achtunddreißig Jahre alt und hatte sich ihre Schönheit erhalten: nicht die frische Üppigkeit, in der die Mädchen dieses Teils der Normandie prangen, sondern eine ranke, man könnte sagen aristokratische Schönheit. Ihre Züge waren fein und zart, ihr Wuchs geschmeidig und schlank. Wenn sie sprach, so schien ihr blasses Gesicht Farbe und Leben zu bekommen. Ihre großen schwarzen Augen wirkten freundlich zugewandt, aber ihr ruhiger, frommer Ausdruck deutete darauf hin, daß das Eigentliche ihres Daseins nicht mehr in ihr selber lag.

In der Blüte ihrer Jugend war sie mit einem alten, eifersüchtigen Militär verheiratet worden, und ihre widersprüchliche Situation in der galanten Hofgesellschaft hatte gewiß viel dazu beigetragen, einen Schleier tiefer Schwermut über ihr Antlitz zu legen, das früher vom anmutigen Feuer der Liebe geleuchtet haben mochte. Ständig hatte sie die elementaren Regungen, die Empfindungen einer Frau, die noch fühlt, anstatt zu denken, unterdrücken müssen, und ihre Leidenschaftlichkeit war tief in ihrem Herzen jungfräulich geblieben. So kam denn auch ihr Hauptreiz von diesem innerlichen Jungsein, das sich für Augenblicke auf ihrem Gesicht verriet und ihren Gedanken

aspect commandait le retenue, mais il y avait toujours dans son maintien, dans sa voix, des élans vers un avenir inconnu, comme chez une jeune fille; bientôt l'homme le moins sensible se trouvait amoureux d'elle, et conservait néanmoins une sorte de crainte respectueuse, inspirée par ses manières polies qui imposaient. Son âme, nativement grande, mais fortifiée par des luttes cruelles, semblait placée trop loin du vulgaire, et les hommes se faisaient justice.

A cette âme, il fallait nécessairement une haute passion. Aussi les affections de madame de Dey s'étaient-elles concentrées dans un seul sentiment, celui de la maternité. Le bonheur et les plaisirs dont avait été privé sa vie de femme, elle les retrouvait dans l'amour extrême qu'elle portait à son fils. Elle ne l'aimait pas seulement avec le pur et profond dévouement d'une mère, mais avec la coquetterie d'une maîtresse, avec la jalouisie d'une épouse. Elle était malheureuse loin de lui, inquiète pendant ses absences, ne le voyait jamais assez, ne vivait que par lui et pour lui. Afin de faire comprendre aux hommes la force de ce sentiment, il suffira d'ajouter que ce fils était non seulement l'unique enfant de madame de Dey, mais son dernier parent, le seul être auquel elle pût rattacher les craintes, les espérances et les joies de sa vie. Le feu comte de Dey fut le dernier rejeton de sa famille, comme elle se trouva seule héritière de la sienne. Les calculs et les intérêts humains s'étaient donc accordés avec les plus nobles besoins de l'âme pour exalter dans le cœur de la comtesse un sentiment déjà si fort chez les femmes. Elle n'avait élevé son fils qu'avec des peines infinies, qui le lui avaient rendu plus cher encore; vingt fois les médecins lui en présagèrent la perte; mais, confiante en ses pressentiments, en
10 ses espérances, elle eut la joie inexprimable de lui
11 voir heureusement traverser les périls de l'enfance,

einen unschuldig sehnsüchtigen Ausdruck verlieh. Ihr Anblick bewirkte Zurückhaltung, aber in der Art, wie sie sich gab und sprach, lag wie bei einem Mädchen immer die Hinwendung zu einer unbekannten Zukunft; selbst der Gefühlloseste mußte sich in sie verlieben und behielt doch eine Art achtungsvoller Scheu, die ihr eindrucksvoll höfliches Benehmen ihm einflößte. Ihre großmütig angelegte Seele, die erst durch bittere Kämpfe hart geworden war, schien weit von allem Gemeinen entfernt, und die Menschen empfanden sich vor ihr als unbedeutend.

Eine solche Seele brauchte unbedingt eine große Leidenschaft. So waren alle Gefühle der Frau von Dey in ein Gefühl zusammengeflossen, das der Mutterliebe. Das Glück und die Freuden, die ihr in ihrem Leben als Frau nicht vergönnt gewesen waren, fand sie in der unermeßlichen Liebe zu ihrem Sohn. Sie hing an ihm mit der reinen, tiefen Hingabe einer Mutter, aber zugleich auch mit der Gefallsucht einer Geliebten und der Eifersucht einer Gattin. Sie war unglücklich, wenn sie fern von ihm war, machte sich Sorgen, wenn er sie verließ, konnte nie genug bekommen von seinem Anblick und lebte nur durch ihn und für ihn. Um Männern die Stärke dieses Gefühls begreiflich zu machen, braucht man nur hinzuzufügen, daß dieser Sohn nicht allein das einzige Kind der Frau von Dey war, sondern überhaupt ihr letzter Angehöriger, das einzige Wesen, auf das sie die Ängste, Hoffnungen und Freuden ihres Lebens werfen konnte. Der verstorbene Graf von Dey war der letzte Sproß seines Stammes gewesen, so wie sie die einzige Erbin ihrer Familie war. Ganz menschliche Berechnungen und Interessen waren also mit den edelsten Bedürfnissen der Seele zusammengekommen, um im Herzen der Gräfin ein Gefühl aufs Äußerste zu treiben, das bei den Frauen ohnehin schon so stark ist. Sie hatte ihren Sohn nur mit unendlicher Mühe großgezogen, was ihn ihr aber noch lieber gemacht hatte; zwanzigmal hatten die Ärzte ihr sein Ende prophezeit, aber sie hatte auf die eigene Ahnung und Hoffnung vertraut und mit unsäglicher Freude erlebt, wie er die Gefahren der Kinderjahre glücklich durchstand und zu ihrer Bewunderung

d'admirer les progrès de sa constitution, en dépit des arrêts de la Faculté.

Grâce à des soins constants, ce fils avait grandi, et s'était si gracieusement développé, qu'à vingt ans, il passait pour un des cavaliers les plus accomplis de Versailles. Enfin, par un bonheur qui ne couronne pas les efforts de toutes les mères, elle était adorée de son fils; leurs âmes s'entendaient par de fraternelles sympathies. S'ils n'eussent pas éte liés déjà par le vœu de la nature, ils auraient instinctivement éprouvé l'un pour l'autre cette amitié d'homme à homme, si rare à rencontrer dans la vie. Nommé sous-lieutenant de dragons à dix-huit ans, le jeune comte avait obéi au point d'honneur de l'époque en suivant les princes dans leur émigration.

Ainsi madame de Dey, noble, riche, et mère d'un émigré, ne se dissimulait point les dangers de sa cruelle situation. Ne formant d'autre vœu que celui de conserver à son fils une grande fortune, elle avait renoncé au bonheur de l'accompagner; mais en lisant les lois rigoureuses en vertu desquelles la République confisquait chaque jour les biens des émigrés à Carentan, elle s'applaudissait de cet acte de courage. Ne gardait-elle pas les trésors de son fils au péril de ses jours? Puis, en apprenant les terribles exécutions ordonnées par la Convention, elle s'endormait heureuse de savoir sa seule richesse en sûreté, loin des dangers, loin des échafauds. Elle se complaisait à croire qu'elle avait pris le meilleur parti pour sauver à la fois toutes ses fortunes. Faisant à cette secrète pensée les concessions voulues par le malheur des temps, sans compromettre ni sa dignité de femme ni ses croyances aristocratiques, elle enveloppait ses douleurs dans un froid mystère. Elle avait compris les difficultés qui l'attendaient à Carentan. Venir y occuper la première place, n'était-
12 ce pas y défier l'échafaud tous les jours? Mais, sou-
13 tenue par un courage de mère, elle sut conquérir

ungeachtet aller Urteilssprüche der gelehrten Doktoren eine immer kräftigere Konstitution bekam.

Dank ihrer unablässigen Pflege war dieser Sohn herangewachsen und hatte sich so bestrickend entwickelt, daß er mit zwanzig Jahren in Versailles als einer der vollendetsten Kavaliere galt. Hinzu kam, und das ist ein Glück, das nicht die Mühen aller Mütter krönt, daß sie von ihrem Sohn angebetet wurde; ihre Seelen verstanden sich in geschwisterlicher Zuneigung. Auch ohne das naturgewollte Band hätten sie instinktiv füreinander die Freundschaft empfunden, wie man ihr im Leben zwischen zwei Menschen so selten begegnet. Der junge Graf, mit achtzehn Jahren zum Dragonerleutnant ernannt, hatte sich dem Ehrenkodex jener Jahre gebeugt und war den Prinzen in die Emigration gefolgt.

Frau von Dey als reiche Adelige und Mutter eines Emigranten mußte sich also über die Gefahren ihrer prekären Lage durchaus im klaren sein. Weil sie sich nichts anderes wünschen konnte, als dem Sohn das große Vermögen zu erhalten, hatte sie auf das Glück verzichtet, ihn zu begleiten, und wenn sie die unnachsichtigen Gesetze las, auf Grund derer die Republik Tag für Tag den Besitz von Emigranten einzog, so beglückwünschte sie sich zu ihrem mutigen Entschluß. Bewahrte sie nicht unter Lebensgefahr das Hab und Gut ihres Sohnes? Später, als sie von den auf Befehl des Nationalkonvents vorgenommenen schrecklichen Hinrichtungen hörte, schlief sie ein mit dem guten Gefühl, ihren einzigen Schatz in Sicherheit zu wissen, fern von Gefahr und Schafott. Sie wiegte sich in dem Glauben, die beste Entscheidung getroffen zu haben, um alles zu retten, was ihr lieb und teuer war. Diesem heimlichen Gedanken machte sie die von den bösen Zeitläuften erzwungenen Zugeständnisse, ohne sich von ihrer Würde als Frau oder von ihren aristokratischen Überzeugungen etwas zu vergeben, indem sie ihren Schmerz unter kühler Verschlossenheit verbarg. Sie war sich der Schwierigkeiten bewußt, die ihr in Carentan erwachsen mußten. Hieß es nicht Tag für Tag das Schafott herausfordern, wenn man den ersten Platz in der Stadt einnahm? Aber ihr Muttermut hielt sie aufrecht, und es gelang ihr, die Liebe

l'affection des pauvres en soulageant indifféremment toutes les misères, et se rendit nécessaire aux riches en veillant à leurs plaisirs. Elle recevait le procureur de la commune, le maire, le président du district, l'accusateur public, et même les juges du tribunal révolutionnaire.

Les quatre premiers de ces personnages, n'étant pas mariés, la courtisaient dans l'espoir de l'épouser, soit en l'effrayant par le mal qu'il pouvaient lui faire, soit en lui offrant leur protection. L'accusateur public, ancien procureur à Caen, jadis chargé des intérêts de la comtesse, tentait de lui inspirer de l'amour par une conduite pleine de dévouement et de générosité; finesse dangereuse! Il était le plus redoutable de tous les prétendants. Lui seul connaissait à fond l'état de la fortune considérable de son ancienne cliente. Sa passion devait s'accroître de tous les désirs d'une avarice qui s'appuyait sur un pouvoir immense, sur le droit de vie et de mort dans le district. Cet homme, encore jeune, mettait tant de noblesse dans ses procédés, que madame de Dey n'avait pas encore pu le juger. Mais, méprisant le danger qu'il y avait à lutter d'adresse avec des Normands, elle employait l'esprit inventif et la ruse que la nature a départis aux femmes pour opposer ces rivalités les unes aux autres. En gagnant du temps, elle espérait arriver saine et sauve à la fin des troubles. A cette époque, les royalistes de l'intérieur se flattaient tous les jours de voir la Révolution terminée le lendemain; et cette conviction a été la perte de beaucoup d'entre eux.

Malgré ces obstacles, la comtesse avait assez habilement maintenu son indépendance jusqu'au jour où, par une inexplicable imprudence, elle s'était avisée de fermer sa porte. Elle inspirait un intérêt profond et si véritable, que les personnes venues ce
14 soir-là chez elle conçurent de vives inquiétudes en
15 apprenant qu'il lui devenait impossible de les rece-

der Armen zu gewinnen, indem sie ohne Ansehen der Person jedem in seiner Not half, und sich den Reichen unentbehrlich zu machen, indem sie ihnen Abwechslung bot. Sie empfing bei sich den Gemeindesyndikus, den Bürgermeister, den Vorsitzenden des Bezirksgerichts, den Öffentlichen Ankläger und sogar die Mitglieder des Revolutionsgerichtshofs.

Die vier ersteren Persönlichkeiten waren unverheiratet und machten ihr den Hof, weil sie hofften, sie zu heiraten, wobei sie entweder drohten mit dem, was sie ihr zufügen könnten, oder ihren Schutz anboten. Der Öffentliche Ankläger, der zuvor in Caen Gemeindesyndikus gewesen war und die Interessen der Gräfin wahrgenommen hatte, versuchte durch ein ergebenes und großmütiges Verhalten ihre Liebe zu wecken. Eine gefährliche Zartfühligkeit war das, denn von diesem Freier war mehr zu befürchten als von den übrigen. Nur er wußte wirklich, wie es um das beträchtliche Vermögen seiner einstigen Klientin bestellt war. Seine Leidenschaft mußte noch gesteigert werden durch eine gierige Habsucht, die sich auf eine uneingeschränkte Macht stützte, auf die Gewalt über Tod und Leben im ganzen Bezirk. Dieser noch junge Mann betrieb sein Vorhaben mit so feinem Anstand, daß Frau von Dey ihn noch nicht hatte durchschauen können. Doch sie spottete der Gefahr, die darin lag, sich mit den schlauen Leuten der Normandie zu messen, und verwendete ihre ganze natürliche weibliche Erfindungskraft und List darauf, deren Rivalitäten gegeneinander auszuspielen. Indem sie Zeit gewann, hoffte sie unbehelligt durchzukommen. Damals klammerten sich die im Lande gebliebenen Königstreuen ja an die Hoffnung, schon am morgigen Tag werde die Revolution zu Ende sein, und diese Überzeugung hat vielen von ihnen das Leben gekostet.

Allen Hindernissen zum Trotz hatte die Gräfin ihre Unabhängigkeit recht geschickt bewahrt bis zu dem Tag, da sie aus einer unerklärlichen Unklugheit ihre Tür verschlossen hatte. So groß und aufrichtig war das Interesse, das sie einflößte, daß die Personen, die an diesem Abend zu ihr gekommen waren, lebhafte Besorgnis verspürten, als sie hörten, es sei ihr unmöglich, sie zu empfangen. Mit der freimütigen Neu-

voir; puis, avec cette franchise de curiosité empreinte dans les mœurs provinciales, elles s'enquirent du malheur, du chagrin, de la maladie qui devait affliger madame de Dey. A ces questions une vieille femme de charge, nommée Brigitte, répondait que sa maîtresse s'était enfermée et ne voulait voir personne, pas même les gens de sa maison. L'existence, en quelque sorte claustrale, que mènent les habitants d'une petite ville crée en eux une habitude d'analyser et d'expliquer les actions d'autrui si naturellement invincible qu'après avoir plaint madame de Dey, sans savoir si elle était réellement heureuse ou chagrine, chacun se mit à rechercher les causes de sa soudaine retraite.

– Si elle était malade, dit le premier curieux, elle aurait envoyé chez le médecin; mais le docteur est resté pendant toute la journée chez moi à jouer aux échecs. Il me disait en riant que, par le temps qui court, il n'y a qu'une maladie ... et qu'elle est malheureusement incurable.

Cette plaisanterie fut prudemment hasardée. Femmes, hommes, vieillards et jeunes filles se mirent alors à parcourir le vaste champ des conjectures. Chacun crut entrevoir un secret, et ce secret occupa toutes les imaginations. Le lendemain les soupçons s'envenimèrent. Comme la vie est à jour dans une petite ville, les femmes apprirent les premières que Brigitte avait fait au marché des provisions plus considérables qu'à l'ordinaire. Ce fait ne pouvait être contesté. L'on avait vu Brigitte de grand matin sur la place, et, chose extraordinaire, elle y avait acheté le seul lièvre qui s'y trouvât. Toute la ville savait que madame de Dey n'aimait pas le gibier. Le lièvre devint un point de départ pour des suppositions infinies. En faisant leur promenade périodique, les vieillards remarquèrent dans
16 la maison de la comtesse une sorte d'activité con-
17 centrée qui se révélait par les précautions même

gier, wie sie für die Provinz bezeichnend ist, erkundigten sie sich, welches Unglück, welcher Kummer, welche Unpäßlichkeit Frau von Dey so angegriffen haben mochte. Auf diese Fragen antwortete Brigitte, ihre alte Wirtschafterin, die Herrin habe sich eingeschlossen und wünsche niemanden zu sehen, nicht einmal ihre Dienstboten.

Das gleichsam klösterliche Leben, das die Bewohner einer Kleinstadt führen, macht das Ergründen und Deuten dessen, was ihre Mitmenschen tun, zu einer so naheliegenden und unwiderstehlichen Gewohnheit, daß jedermann Frau von Dey zunächst bedauerte, ohne zu wissen, ob sie eigentlich glücklich oder betrübt war, und erst danach begann, nach den Gründen für ihre plötzliche Zurückhaltung zu suchen.

«Wenn sie krank wäre», sagte der erste Neugierige, «so hätte sie nach dem Arzt geschickt, aber der Doktor war den ganzen Tag bei mir und hat mit mir Schach gespielt. Er hat noch lachend zu mir gesagt, daß es in unseren Zeitläuften nur eine Krankheit gibt ... und daß sie leider unheilbar ist.»

Dieser Scherz wurde nur mit Vorsicht wiedergegeben, und nun machten sich Frauen, Männer, Greise und Mädchen daran, das weite Feld der Vermutungen abzugehen. Jeder meinte ein Geheimnis zu ahnen, und dieses Geheimnis beschäftigte die Phantasie aller. Am Tag darauf wurden die Verdachtsmomente bedrohlicher. Da das Leben in einer Kleinstadt offen daliegt, erfuhren die Frauen als erste, daß Brigitte auf dem Markt ungewöhnlich große Einkäufe gemacht hatte. Das war eine nicht zu bestreitende Tatsache. Man hatte Brigitte schon am frühen Morgen auf dem Marktplatz gesehen, wo sie, was besonders auffallend war, den einzigen vorhandenen Hasen gekauft hatte. Dabei wußte die ganze Stadt, daß Frau von Dey kein Wildpret mochte. Der Hase wurde zum Ausgangspunkt für unendlich viele Erwägungen. Die alten Leute, auf ihrem pünktlich eingehaltenen Spaziergang, beobachteten eine Art angespannter Geschäftigkeit, die gerade durch die Vorsichtsmaßregeln der Hausangestellten betont wurde. Der Kammerdiener klopfte im Garten

dont se servaient les gens pour la cacher. Le valet de chambre battait un tapis dans le jardin; la veille, personne n'y aurait pris garde; mais ce tapis devint une pièce à l'appui des romans que tout le monde bâtissait. Chacun avait le sien.

Le second jour, en apprenant que madame de Dey se disait indisposée, les principaux personnages de Carentan se réunirent le soir chez le frère du maire, vieux négociant marié, homme probe, généralement estimé, et pour lequel la comtesse avait beaucoup d'égards. Là, tous les aspirants à la main de la riche veuve eurent à raconter une fable plus ou moins probable; et chacun d'eux pensait à faire tourner à son profit la circonstance secrète qui la forçait de se compromettre ainsi. L'accusateur public imaginait tout un drame pour amener nuitamment le fils de madame de Dey chez elle. Le maire croyait à un prêtre insermenté, venu de la Vendée, et qui lui aurait demandé un asile; mais l'achat du lièvre, un vendredi, l'embarrassait beaucoup. Le président du district tenait fortement pour un chef de Chouans ou de Vendéens vivement poursuivi. D'autres voulaient un noble échappé des prisons de Paris. Enfin tous soupçonnaient la comtesse d'être coupable d'une de ces générosités que les lois d'alors nommaient un crime, et qui pouvaient conduire à l'échafaud. L'accusateur public disait d'ailleurs à voix basse qu'il fallait se taire, et tâcher de sauver l'infortunée de l'abîme vers lequel elle marchait à grands pas.

– Si vous ébruitez cette affaire, ajouta-t-il, je serai obligé d'intervenir, de faire des perquisitions chez elle, et alors! ... Il n'acheva pas, mais chacun comprit cette réticence.

Les amis sincères de la comtesse s'alarmèrent tellement pour elle que, dans la matinée du troisième

jour, le procureur-syndic de la commune lui fit

écrire par sa femme un mot pour l'engager à rece-

einen Teppich. Noch einen Tag zuvor hätte niemand darauf geachtet, doch jetzt wurde der Teppich zu einem Beweisstück für die Romane, an denen sie alle spannen, jeder an einem anderen.

Am zweiten Tag, als sie erfahren hatten, daß sich Frau von Dey immer noch als unpäßlich ausgab, versammelten sich die Honoratioren von Carentan am Abend bei dem Bruder des Bürgermeisters, einem alten verheirateten Kaufmann, der als ein wackerer Mann allgemeine Wertschätzung genoß und den auch die Gräfin sehr zuvorkommend behandelte. Da wußte nun jeder Anwärter auf die Hand der reichen Witwe seine mehr oder weniger einleuchtende Geschichte zu erzählen, und jeder hoffte den unerklärlichen Umstand, der sie nötigte, sich so auffallend zu benehmen, zu seinen Gunsten wenden zu können. Der Öffentliche Ankläger hatte sich ein ganzes Drama ausgedacht, in dem der Sohn der Frau von Dey nächtlicherweile zu ihr kam. Der Bürgermeister glaubte an einen verfassungsfeindlichen Priester, der aus der Vendée gekommen sei und bei ihr um Zuflucht gebeten habe; allerdings verwirrte ihn der Einkauf eines Hasen am Freitag sehr. Der Vorsitzende des Bezirksgerichts hielt durchaus dafür, es sei ein dringend gesuchter Anführer der Chouans oder der Aufständischen aus der Vendée. Andere waren für einen aus den Pariser Gefängnissen entwichenen Adeligen. Jedenfalls verdächtigten alle die Gräfin einer hochherzigen Handlung, wie sie vor dem Gesetz damals als Verbrechen galt und zum Schafott führen konnte. Der Öffentliche Ankläger sagte denn auch mit leiser Stimme, man müsse schweigen und versuchen, die Unglückselige vor dem Abgrund zu retten, auf den sie mit großen Schritten zugehe.

«Wenn Sie die Angelegenheit ausplaudern», fügte er hinzu, «wäre ich gezwungen, einzuschreiten, eine Haussuchung bei ihr vorzunehmen, und dann . . . !» Er sprach nicht zu Ende, aber jeder verstand dieses Verstummen.

Die aufrichtigen Freunde der Gräfin gerieten so in Sorge um sie, daß der Gemeindesyndikus ihr am Morgen des dritten Tages von seiner Frau ein paar Zeilen schreiben ließ, um sie zu bewegen, ihre Gäste am Abend wie üblich zu emp-

voir pendant la soirée comme à l'ordinaire. Plus hardi, le vieux négociant se présenta dans la matinée chez madame de Dey. Fort du service qu'il voulait lui rendre, il exigea d'être introduit auprès d'elle, et resta stupéfait en l'apercevant dans le jardin, occupée à couper les dernières fleurs de ses plates-bandes pour en garnir des vases.

– Elle a sans doute donné asile à son amant, se dit le vieillard pris de pitié pour cette charmante femme. La singulière expression du visage de la comtesse le confirma dans ses soupçons. Vivement ému de ce dévouement si naturel aux femmes, mais qui nous touche toujours, parce que tous les hommes sont flattés par les sacrifices qu'une d'elles fait à un homme, le négociant instruisit la comtesse des bruits qui couraient dans la ville et du danger où elle se trouvait. – Car, lui dit-il en terminant, si, parmi nos fonctionnaires, il en est quelques-uns assez disposés à vous pardonner un héroïsme qui aurait un prêtre pour objet, personne ne vous plaindra si l'on vient à découvrir que vous vous immolez à des intérêts de cœur.

A ces mots, madame de Dey regarda le vieillard avec un air d'égarement et de folie qui le fit frissonner, lui, vieillard.

– Venez, lui dit-elle en le prenant par la main pour le conduire dans sa chambre, où, après s'être assurée qu'ils étaient seuls, elle tira de son sein une lettre sale et chiffonnée: – Lisez, s'écria-t-elle en faisant un violent effort pour prononcer ce mot.

Elle tomba dans son fauteuil, comme anéantie. Pendant que le vieux négociant cherchait ses lunettes et les nettoyait, elle leva les yeux sur lui, le contempla pour la première fois avec curiosité; puis, d'une voix altérée: – Je me fie à vous, lui dit-elle doucement.

– Est-ce que je ne viens pas partager votre crime, répondit le bonhomme avec simplicité.

fangen. Der alte Kaufmann war noch mutiger und ließ sich am Vormittag bei Frau von Dey melden. Im Bewußtsein des Dienstes, den er ihr erweisen wollte, verlangte er zu ihr geführt zu werden, und erstarrte geradezu, als er sie im Garten erblickte, wo sie damit beschäftigt war, die letzten Blumen auf ihren Beeten zu schneiden, um ihre Vasen zu schmücken.

«Gewiß hat sie ihrem Geliebten Zuflucht gewährt», sagte sich der Greis voller Mitleid für diese bezaubernde Frau. Der merkwürdige Ausdruck auf dem Gesicht der Gräfin bestärkte ihn in seiner Vermutung. Der Kaufmann war heftig bewegt von dieser den Frauen so natürlichen Hingebung, die uns dennoch immer wieder rührt, weil alle Männer sich geschmeichelt fühlen durch die Opfer, die eine von ihnen dem Manne bringt. Er unterrichtete die Gräfin von den Gerüchten, die in der Stadt umgingen, von der Gefahr, in der sie sich befand, und schloß mit der Bemerkung: «Es mag unter unseren Beamten manchen geben, der geneigt wäre, Ihnen eine Heldentat nachzusehen, die einem Priester gilt; aber niemand wird Mitleid mit Ihnen haben, wenn man entdeckt, daß Sie Ihr Leben um einer Herzensangelegenheit willen aufs Spiel setzen.»

Bei diesen Worten sah Frau von Dey den Greis mit einem so verstörten, ja irren Blick an, daß es ihn trotz der Erfahrung des Alters schauderte.

«Kommen Sie», sagte sie zu ihm, nahm ihn bei der Hand und führte ihn in ihr Zimmer, wo sie sich zunächst überzeugte, daß sie allein waren, und dann ein schmutziges, zerknittertes Schreiben aus ihrem Busen zog. «Lesen Sie», rief sie, wobei sie sich heftig anstrengen mußte, die Worte herauszubringen.

Wie vernichtet sank sie in ihren Sessel zurück. Während der alte Kaufmann seine Brille herauskramte und putzte, hob sie ihre Augen zu ihm auf und sah ihn zum ersten Male aufmerksam an. Dann sagte sie leise mit ganz veränderter Stimme: «Ich gebe mich in Ihre Hand.»

«Bin ich nicht gekommen, um Ihr Verbrechen zu teilen?» erwiderte der Brave schlicht.

Elle tressaillit. Pour la première fois, dans cette petite ville, son âme sympathisait avec celle d'un autre. Le vieux négociant comprit tout à coup et l'abattement et la joie de la comtesse. Son fils avait fait partie de l'expédition de Granville, il écrivait à sa mère du fond de sa prison, en lui donnant un triste et doux espoir. Ne doutant pas de ses moyens d'évasion, il lui indiquait trois jours pendant lesquels il devait se présenter chez elle, déguisé. La fatale lettre contenait de déchirants adieux au cas où il ne serait pas à Carentan dans la soirée du troisième jour, et il priait sa mère de remettre une assez forte somme à l'émissaire qui s'était chargé de lui apporter cette dépêche, à travers mille dangers. Le papier tremblait dans les mains du vieillard.

– Et voici le troisième jour, s'écria madame de Dey qui se leva rapidement, reprit la lattre, et marcha.

– Vous avez commis des imprudences, lui dit le négociant. Pourquoi faire prendre des provisions?

– Mais il peut arriver, mourant de faim, exténué de fatigue, et ... Elle n'acheva pas.

– Je suis sûr de mon frère, reprit le vieillard, je vais aller le mettre dans vos intérêts.

Le négociant retrouva dans cette circonstance la finesse qu'il avait mise jadis dans les affaires, et lui dicta des conseils empreints de prudence et de sagacité. Après être convenus de tout ce qu'ils devaient dire et faire l'un ou l'autre, le vieillard alla, sous des prétextes habilement trouvés, dans les principales maisons de Carentan, où il annonça que madame de Dey qu'il venait de voir, recevrait dans la soirée, malgré son indisposition. Luttant de finesse avec les intelligences normandes dans l'interrogatoire que chaque famille lui imposa sur la nature de la maladie de la comtesse, il réussit à donner le change à presque toutes les personnes qui s'occupaient de cette mystérieuse affaire.

Sie erschauerte. Zum erstenmal, seit sie in der kleinen Stadt war, fühlte sich ihre Seele einer anderen verbunden. Der alte Kaufmann verstand plötzlich die Niedergeschlagenheit und die Freude der Gräfin. Ihr Sohn hatte den vergeblichen Angriff auf Granville mitgemacht und schrieb seiner Mutter aus dem Gefängnis; er gab ihr eine traurige und zugleich süße Hoffnung. Weil er nicht daran zweifelte, seine Flucht schaffen zu können, nannte er ihr drei Tage, innerhalb derer er sich verkleidet bei ihr einfinden werde. Für den Fall, daß er am Abend des dritten Tages nicht in Carentan sein sollte, nahm er in dem schicksalsschweren Brief herzzerreißenden Abschied; er bat seine Mutter, dem Boten, der die Nachricht durch tausend Gefahren zu überbringen auf sich genommen hatte, einen beträchtlichen Geldbetrag auszuhändigen. Das Papier zitterte in den Händen des Greises.

«Und heute ist der dritte Tag», rief Frau von Dey, erhob sich plötzlich, nahm das Schreiben wieder an sich und ging auf und ab.

«Sie sind unvorsichtig gewesen», erklärte ihr der Kaufmann. «Warum haben Sie die Einkäufe machen lassen?»

«Vielleicht kommt er halb verhungert, entkräftet von der Anstrengung, und...» Sie brachte den Satz nicht zu Ende.

«Ich kann mich auf meinen Bruder verlassen», sagte der Greis. «Ich werde ihn in Ihre Angelegenheit einweihen.»

Der Kaufmann fand unter diesen Umständen die ganze Durchtriebenheit wieder, die er einst auf seine Geschäfte verwendet hatte, und gab der Gräfin umsichtige, wohlerwogene Ratschläge. Nachdem sie vereinbart hatten, was sie jeweils zu sagen und zu tun haben würden, ging der alte Mann unter geschickt ersonnenen Vorwänden in die wichtigsten Häuser von Carentan und verkündete, daß Frau von Dey, die er soeben besucht habe, trotz ihrer Unpäßlichkeit am Abend ihren Empfang wieder stattfinden lasse. Er hatte es an Gerissenheit mit der normannischen Schlauheit aufzunehmen bei dem Verhör, das jede Familie über die Art der Krankheit der Gräfin mit ihm anstellte, doch es gelang ihm, fast alle, die sich mit dieser mysteriösen Angelegenheit beschäftigten, hinters Licht zu führen.

Sa première visite fit merveille. Il raconta devant une vieille dame goutteuse que madame de Dey avait manqué périr d'une attaque de goutte à l'estomac; le fameux Tronchin lui ayant recommandé jadis, en pareille occurrence, de se mettre sur la poitrine la peau d'un lièvre écorché vif, et de rester au lit sans se permettre le moindre mouvement, la comtesse, en danger de mort, il y a deux jours, se trouvait, après avoir suivi ponctuellement la bizarre ordonnance de Tronchin, assez bien rétablie pour recevoir ceux qui viendraient la voir pendant la soirée.

Ce conte eut un succès prodigieux, et le médecin de Carentan, royaliste *in petto*, en augmenta l'effet par l'importance avec laquelle il discuta le spécifique. Néanmoins les soupçons avaient trop fortement pris racine dans l'esprit de quelques entêtés ou de quelques philosophes pour être entièrement dissipés; en sorte que, le soir, ceux qui étaient admis chez madame de Dey vinrent avec empressement et de bonne heure chez elle, les uns pour épier sa contenance, les autres par amitié, la plupart saisis par le merveilleux de sa guérison.

Ils trouvèrent la comtesse assise au coin de la grande cheminée de son salon, à peu près aussi modeste que l'étaient ceux de Carentan; car, pour ne pas blesser les étroites pensées de ses hôtes, elle s'était refusée aux jouissances de luxe auxquelles elle était jadis habituée, elle n'avait donc rien changé chez elle. Le carreau de la salle de réception n'était même pas frotté. Elle laissait sur les murs de vieilles tapisseries sombres, conservait les meubles du pays, brûlait de la chandelle, et suivait les modes de la ville, en épousant la vie provinciale sans reculer ni devant les petitesses les plus dures, ni devant les privations les plus désagréables. Mais sachant que ses hôtes lui pardonneraient les magnificences qui auraient leur bien-être pour but, elle ne négli-

Besonders wirkungsvoll war sein erster Besuch. Er erzählte bei einer alten gichtkranken Dame, daß Frau von Dey beinahe an einem Anfall von Magengicht gestorben sei; da ihr der berühmte Tronchin bei ähnlicher Gelegenheit empfohlen habe, sich das Fell eines lebendig abgezogenen Hasen auf die Brust zu legen und im Bett zu bleiben, ohne sich die kleinste Bewegung zu gestatten,

sei die Gräfin, vor zwei Tagen noch in Lebensgefahr, nun nach pünktlicher Befolgung von Tronchins merkwürdiger Verordnung soweit wiederhergestellt, daß sie jeden, der sie besuchen wolle, am Abend empfangen könne.

Diese Geschichte hatte einen außerordentlichen Erfolg, und der Arzt von Carentan, der insgeheim Royalist war, vermehrte die Wirkung noch durch die bedeutende Miene, mit der er sich über dieses Mittel ausließ. Trotzdem hatte der Verdacht bei einigen besonders hartnäckigen oder skeptischen Gemütern zu tief Wurzel geschlagen, als daß er ganz zerstreut gewesen wäre; so kamen am Abend die üblichen Gäste der Frau von Dey besonders beflissen und rechtzeitig, die einen, um ihr Verhalten genau zu beobachten, die anderen aus Freundschaft, die meisten aus Neugier wegen der wunderbaren Heilung.

Sie fanden die Gräfin vor dem großen Kamin in ihrem Salon sitzen, der ungefähr so bescheiden eingerichtet war wie die anderen in Carentan; denn um die engstirnigen Gäste nicht zu verletzen, hatte sie sich die Freuden des Luxus versagt, an die sie gewöhnt gewesen war, und hatte an dem, was sie vorgefunden hatte, nichts geändert. Der Boden des Empfangssalons war nicht einmal gebohnert. An den Wänden hatte sie die alten düsteren Behänge gelassen, sie benutzte weiter das am Ort gefertigte Mobiliar, brannte Talglichte und folgte den Gebräuchen der Stadt, wobei sie das Provinzleben so sehr übernahm, daß sie weder vor den bedrückendsten Kleinlichkeiten noch vor den unerfreulichsten Entbehrungen zurückschreckte. Weil sie aber wußte, daß ihre Gäste ihr jeden Aufwand verzeihen würden, der ihnen selber zugutekam, unterließ sie nichts, wenn

geait rien quand il s'agissait de leur procurer des jouissances personnelles. Aussi leur donnait-elle d'excellents dîners. Elle allait jusqu'à feindre de l'avarice pour plaire à ces esprits calculateurs; et, après avoir eu l'art de se faire arracher certaines concessions de luxe, elle savait obéir avec grâce.

Donc, vers sept heures du soir, la meilleure mauvaise compagnie de Carentan se trouvait chez elle, et décrivait un grand cercle devant la cheminée. La maîtresse du logis, soutenue dans son malheur par les regards compatissants que lui jetait le vieux négociant, se soumit avec un courage inouï aux questions minutieuses, aux raisonnements frivoles et stupides de ses hôtes. Mais à chaque coup de marteau frappé sur sa porte, ou toutes les fois que des pas retentissaient dans la rue, elle cachait ses émotions en soulevant des questions intéressantes pour la fortune du pays. Elle éleva de bruyantes discussions sur la qualité des cidres, et fut si bien secondée par son confident, que l'assemblée oublia presque de l'espionner en trouvant sa contenance naturelle et son aplomb imperturbable. L'accusateur public et l'un des juges du tribunal révolutionnaire restaient taciturnes, observaient avec attention les moindres mouvements de sa physionomie, écoutaient dans la maison, malgré le tumulte; et, à plusieurs reprises, ils lui firent des questions embarrassantes, auxquelles la comtesse répondit cependant avec une admirable présence d'esprit. Les mères ont tant de courage! Au moment où madame de Dey eut arrangé les parties, placé tout le monde à des tables de boston, de reversis ou de whist, elle resta encore à causer auprès de quelques jeunes personnes avec un extrême laissez-aller, en jouant son rôle en actrice consommée. Elle se fit demander un loto, prétendit savoir seule où il était, et disparut.

26 – J'étouffe, ma pauvre Brigitte, s'écria-t-elle en
27 essuyant des larmes qui sortirent vivement de ses

es darum ging, ihnen persönliche Genüsse zu verschaffen. So gab sie ihnen ausgezeichnete Diners. Dabei ging sie so weit, Geiz zu heucheln, um diesen kleinlich rechnenden Geistern zu gefallen, und Zugeständnisse an den Luxus ließ sie sich geschickt abringen, um ihnen dann mit Anmut nachzukommen.

So hatte sich gegen sieben Uhr abends die beste schlechte Gesellschaft von Carentan bei ihr eingefunden und stand in einem weiten Kreis vor dem Kamin. Die Herrin des Hauses, die in ihrem Unglück gestützt wurde von den anteilnehmenden Blicken, die ihr der alte Kaufmann zuwarf, ließ die bohrenden Fragen und die tölpelhaft ungeschickten Bemerkungen ihrer Gäste mit unerhörter Tapferkeit über sich ergehen. Bei jedem Klopfen an der Haustür und jedesmal, wenn Schritte auf der Straße zu hören waren, verbarg sie ihre Erregung, indem sie Fragen von schicksalhafter Bedeutung für die ganze Gegend aufwarf. Sie entfesselte laute Auseinandersetzungen über die Qualität des Apfelweins und fand dabei so guten Beistand von ihrem Mitwisser, daß die Versammlung beinahe vergaß, sie auszuforschen, weil ihre Haltung so natürlich und ihre Selbstsicherheit so unerschütterlich wirkten.

Nur der Öffentliche Ankläger und einer der Richter am Revolutionsgerichtshof verhielten sich schweigend und beobachteten aufmerksam die geringsten Veränderungen ihres Ausdrucks, achteten bei allem Lärm auf die Geräusche im Hause und stellten ihr mehrmals Fangfragen, auf welche die Gräfin jedoch mit bewundernswürdiger Geistesgegenwart antwortete. Mütter haben ja so viel Mut! Als Frau von Dey die Partien zusammengestellt und alle Gäste an Boston-, Whist- oder Reversi-Tischen untergebracht hatte, plauderte sie noch voller Gelassenheit mit einigen jungen Damen und spielte ihre Rolle wie eine vollendete Schauspielerin. Sie ließ sich um ein Lottospiel bitten, behauptete als einzige zu wissen, wo es sei, und verschwand.

«Meine gute Brigitte, ich ersticke!» rief sie und wischte sich die Tränen ab, die ihr aus den vor Erregung, Kummer

yeux brillants de fièvre, de douleur et d'impatience. – Il ne vient pas, reprit-elle en regardant la chambre où elle était montée. Ici, je respire, et je vis. Encore quelques moments, et il sera là, pourtant! car il vit encore, j'en suis certaine. Mon cœur me le dit. N'entendez-vous rien, Brigitte? Oh! je donnerais le reste de ma vie pour savoir s'il est en prison ou s'il marche à travers la campagne! Je voudrais ne pas penser.

Elle examina de nouveau si tout était en ordre dans l'appartement. Un bon feu brillait dans la cheminée; les volets étaient soigneusement fermés; les meubles reluisaient de propreté; la manière dont avait été fait le lit, prouvait que la comtesse s'était occupée avec Brigitte des moindres détails; et ses espérances se trahissaient dans les soins délicats qui paraissaient avoir été pris dans cette chambre où se respiraient et la gracieuse douceur de l'amour et ses plus chastes caresses dans les parfums exhalés par les fleurs. Une mère seule pouvait avoir prévu les désirs d'un soldat et lui préparer de si complètes satisfactions. Un repas exquis, des vins choisis, la chaussure, le linge, enfin tout ce qui devait être nécessaire ou agréable à un voyageur fatigué, se trouvait rassemblé pour que rien ne lui manquât, pour que les délices du chez soi lui révélassent l'amour d'une mère.

– Brigitte? dit la comtesse d'un son de voix déchirant en allant placer un siège devant la table, comme pour donner de la réalité à ses vœux, comme pour augmenter la force de ses illusions.

– Ah! madame, il viendra. Il n'est pas loin.– Je ne doute pas qu'il ne vive et qu'il ne soit en marche, reprit Brigitte. J'ai mis une clef dans la Bible, et je l'ai tenue sur mes doigts pendant que Cottin lisait l'Évangile de saint Jean . . . et, madame! la clef n'a pas tourné.

28 – Est-ce bien sûr? demanda la comtesse.

29 – Oh! madame, c'est connu. Je gagerais mon

und Ungeduld glänzenden Augen schossen. «Er kommt nicht», meinte sie und sah sich in dem Zimmer um, in das sie hinaufgegangen war. «Hier atme ich auf, hier lebe ich. Nein, nur noch wenige Augenblicke, und er ist da! Denn er lebt noch, das weiß ich gewiß. Mein Herz sagt es mir. Hörst du nichts, Brigitte? Ach, ich würde den Rest meiner Tage dafür geben, zu erfahren, ob er noch im Gefängnis ist oder schon über Land unterwegs. Wenn ich doch nicht immer daran denken müßte.»

Sie prüfte noch einmal, ob alles im Raum in Ordnung sei. Ein kräftiges Feuer brannte im Kamin; die Fensterläden waren sorgfältig geschlossen; die Möbel glänzten vor Sauberkeit; die Art und Weise, wie das Bett gemacht war, zeigte, daß sich die Gräfin mit Brigitte um die geringsten Kleinigkeiten gekümmert hatte. Ihre Vorfreude sprach aus der Hingebung, die offensichtlich für dieses Zimmer aufgewendet worden war, wo die Düfte, welche die Blumen verströmten, anmutig sanfte Liebe von keuschester Zärtlichkeit atmen ließen.

Nur die Mutter konnte die Wünsche des Soldaten vorausgeahnt und ihnen so völlige Befriedigung verschafft haben. Ein köstliches Mahl, erlesene Weine, Hausschuhe, Wäsche, kurz, alles, was einem müden Wanderer dienlich oder angenehm sein mochte, war beieinander, damit er nichts entbehre und alle Genüsse des eigenen Heims ihn die Liebe der Mutter empfinden ließen.

«Brigitte?» fragte die Gräfin mit einer Stimme, deren Klang das Herz zerriß, und rückte einen Stuhl an den Tisch, als wollte sie ihren Wünschen Wirklichkeit verleihen und ihre Trugbilder noch stärker machen.

«Ach, Madame, er kommt bestimmt, er ist gar nicht mehr weit. Ich bin sicher, er lebt und ist unterwegs», meinte Brigitte. «Ich habe einen Schlüssel in die Bibel gelegt und habe ihn auf den Fingern gehalten, während Cottin das Johannesevangelium las... Und, Madame, der Schlüssel hat sich nicht gedreht.»

«Ist das ein sicheres Zeichen?» fragte die Gräfin.

«Oh, Madame, das ist doch bekannt. Ich würde mein

salut qu'il vit encore. Dieu ne peut pas se tromper.

– Malgré le danger qui l'attend ici, je voudrais bien cependant l'y voir.

– Pauvre monsieur Auguste!» s'écria Brigitte, il est sans doute à pied, par les chemins.

– Et voilà huit heures qui sonnent au clocher, s'écria la comtesse avec terreur.

Elle eut peur d'être restée plus longtemps qu'elle ne le devait, dans cette chambre où elle croyait à la vie de son fils, en voyant tout ce qui lui en attestait la vie, elle descendit; mais avant d'entrer au salon, elle resta pendant un moment sous le péristyle de l'escalier, en écoutant si quelque bruit ne réveillait pas les silencieux échos de la ville. Elle sourit au mari de Brigitte, qui se tenait en sentinelle, et dont les yeux semblaient hébétés à force de prêter attention aux murmures de la place et de la nuit. Elle voyait son fils en tout et partout. Elle rentra bientôt, en affectant un air gai, et se mit à jouer au loto avec des petites filles; mais, de temps en temps, elle se plaignit de souffrir, et revint occuper son fauteuil auprès de la cheminée.

Telle était la situation des choses et des esprits dans la maison de madame de Dey, pendant que, sur le chemin de Paris à Cherbourg, un jeune homme vêtu d'une carmagnole brune, costume de rigueur à cette époque, se dirigeait vers Carentan. A l'origine des réquisitions, il y avait peu ou point de discipline. Les exigences du moment ne permettaient guère à la République d'équiper sur le champ ses soldats, et il n'était pas rare de voir les chemins couverts de réquisitionnaires qui conservaient leurs habits bourgeois. Ces jeunes gens devançaient leurs bataillons aux lieux d'étape, ou restaient en arrière, car leur marche était soumise à leur manière de
30 supporter les fatigues d'une longue route.
31 Le voyageur dont il est ici question se trouvait

Seelenheil verpfänden, daß er noch lebt. Gott kann sich nicht irren.»

«Trotz der Gefahr, die ihn hier erwartet, wollte ich doch, er wäre schon da.»

«Der arme Monsieur Auguste!» rief Brigitte. «Gewiß ist er zu Fuß unterwegs.»

«Und es schlägt schon acht vom Turm», rief die Gräfin mit Schrecken.

Sie fürchtete, länger als sie durfte in diesem Zimmer geblieben zu sein, wo sie an das Leben ihres Sohnes glaubte, weil sie alles sah, was ihr sein Leben bezeugte. Sie ging hinunter, doch bevor sie den Salon betrat, blieb sie noch einen Augenblick unter dem Treppenaufgang stehen und lauschte, ob nicht ein Laut das schweigende Echo der Stadt weckte.

Sie lächelte Brigittes Mann zu, der als Wache dastand und dessen Augen stumpf geworden zu sein schienen vom angestrengten Hinhören auf das leise Rauschen des Platzes und der Nacht. In allem und überall sah sie ihren Sohn. Gleich darauf begab sie sich mit gespielter Heiterkeit hinein und setzte sich zum Lottospiel der Mädchen; nur von Zeit zu Zeit klagte sie über Schmerzen und nahm wieder in ihrem Sessel am Kamin Platz.

So waren der Stand der Dinge und die Gemütsverfassung im Hause der Frau von Dey, während auf dem Weg von Paris nach Cherbourg ein junger Mann, angetan mit einer braunen Carmagnole, dem unerläßlichen Kleidungsstück zu jener Zeit, auf Carentan zuschritt. Zu Beginn der Aushebungen gab es noch wenig oder keine Disziplin. Die Erfordernisse der Stunde gestatteten es der Republik nur selten, ihre Soldaten sofort einzukleiden, und es war an der Tagesordnung, daß die Straßen bevölkert waren von frisch eingezogenen Rekruten, die noch Zivilkleidung trugen. Die jungen Männer gingen ihrem Bataillon zum nächsten Sammelplatz voraus oder blieben zurück; ihr Vorwärtskommen hing davon ab, wie sie den Anstrengungen eines langen Marsches gewachsen waren.

Der Wandersmann, von dem hier die Rede ist, hatte einen

assez en avant de la colonne de réquisitionnaires qui se rendait à Cherbourg, et que le maire de Carentan attendait d'heure en heure, afin de leur distribuer des billets de logement. Ce jeune homme marchait d'un pas alourdi, mais ferme encore, et son allure semblait annoncer qu'il s'était familiarisé depuis longtemps avec les rudesses de la vie militaire. Quoique la lune éclairât les herbages qui avoisinent Carentan, il avait remarqué de gros nuages blancs prêts à jeter de la neige sur la campagne; et la crainte d'être surpris par un ouragan animait sans doute sa démarche, alors plus vive que ne le comportait sa lassitude. Il avait sur le dos un sac presque vide, et tenait à la main une canne de buis, coupée dans les hautes et larges haies que cet arbuste forme autour de la plupart des héritages en Basse-Normandie. Ce voyageur solitaire entra dans Carentan, dont les tours, bordées de lueurs fantastiques par la lune, lui apparaissaient depuis un moment. Son pas réveilla les échos des rues silencieuses, où il ne rencontra personne; il fut obligé de demander la maison du maire à un tisserand qui travaillait encore. Ce magistrat demeurait à une faible distance, et le réquisitionnaire se vit bientôt à l'abri sous le porche de la maison du maire, et s'y assit sur un banc de pierre, en attendant le billet de logement qu'il avait réclamé. Mais mandé par ce fonctionnaire, il comparut devant lui, et devint l'objet d'un scrupuleux examen. Le fantassin était un jeune homme de bonne mine qui paraissait appartenir à une famille distinguée. Son air trahissait la noblesse. L'intelligence due à une bonne éducation respirait sur sa figure.

– Comment te nommes-tu? lui demanda le maire en lui jetant un regard plein de finesse.

– Julien Jussieu, répondit le réquisitionnaire.

– Et tu viens? dit le magistrat en laissant échapper un sourire d'incrédulité.

ziemlichen Vorsprung vor der Rekrutenkolonne, die nach Cherbourg marschierte und die der Bürgermeister von Carentan stündlich erwartete, um ihnen die Quartierscheine auszuteilen. Der junge Mensch ging mit schwer gewordenem, aber festem Schritt, und seine ganze Erscheinung deutete darauf hin, daß er seit langem mit den Härten des Soldatenlebens vertraut war. Zwar lag das Mondlicht auf den Weiden um Carentan, doch er hatte dicke weiße Wolken bemerkt, die sich anschickten, Schnee über das Land zu werfen, und die Furcht, von einem Schneesturm überrascht zu werden, beschleunigte wohl seinen Schritt, der rascher war, als es zu seiner Müdigkeit gepaßt hätte. Auf dem Rücken trug er einen fast leeren Tornister, und in der Hand hatte er einen Stecken aus Buchs, den er aus den hohen, dicken Hecken geschnitten hatte, die dieser Strauch um die meisten Anwesen in der nördlichen Normandie bildet. Der einsame Wandersmann zog in Carentan ein, dessen vom Schein des Mondes phantastisch umspielten Türme ihm schon seit einiger Zeit entgegengeleuchtet hatten. Sein Schritt weckte den Widerhall der stillen Straßen, in denen er niemandem begegnete, so daß er bei einem Weber, der noch bei der Arbeit war, nach dem Haus des Bürgermeisters fragen mußte. Die Amtsperson wohnte gleich in der Nähe, und so fand sich der Rekrut bald im Schutze des Torbogens am Bürgermeisterhaus, wo er sich auf eine Steinbank setzte und auf den Quartierschein wartete, den er verlangt hatte. Aber er wurde aufgefordert, hereinzukommen, und so erschien er vor dem Beamten und wurde einer genauen Befragung unterzogen. Der Infanterist war ein junger Mensch von gutem Aussehen, der aus vornehmer Familie zu stammen schien. Seine ganze Erscheinung verriet Adel. Aus seinem Gesicht sprach eine von guter Erziehung geprägte Intelligenz.

«Wie heißt du?» fragte ihn der Bürgermeister, indem er einen verschmitzten Blick auf ihn warf.

«Julien Jussieu», erwiderte der Rekrut.

«Und du kommst?» sagte der Beamte und ließ sich ein ungläubiges Lächeln entschlüpfen.

– De Paris.

– Tes camarades doivent être loin, reprit le Normand d'un ton railleur.

– J'ai trois lieues d'avance sur le bataillon.

– Quelque sentiment t'attire sans doute à Carentan, citoyen réquisitionnaire? dit le maire d'un air fin. C'est bien, ajouta-t-il en imposant silence par un geste de main au jeune homme prêt à parler, nous savons où t'envoyer. Tiens, ajouta-t-il en lui remettant son billet de logement, va, *citoyen Jussieu!*

Une teinte d'ironie se fit sentir dans l'accent avec lequel le magistrat prononça ces deux derniers mots, en tendant un billet sur lequel la demeure de madame de Dey était indiquée. Le jeune homme lut l'adresse avec un air de curiosité.

– Il sait bien qu'il n'a pas loin à aller. Et quand il sera dehors, il aura bientôt traversé la place! s'éria le maire en se parlant à lui-même, pendant que le jeune homme sortait. Il est joliment hardi! que Dieu le conduise! Il a réponse à tout. Oui, mais si un autre que moi lui avait demandé à voir ses papiers, il était perdu!

En ce moment, les horloges de Carentan avaient sonné neuf heures et demie; les falots s'allumaient dans l'antichambre de madame de Dey; les domestiques aidaient leurs maîtresses et leurs maîtres à mettre leurs sabots, leurs houppelandes ou leurs mantelets; les joueurs avaient soldé leurs comptes, et allaient se retirer tous ensemble, suivant l'usage établi dans toutes les petites villes.

– Il paraît que l'accusateur veut rester, dit une dame en s'apercevant que ce personnage important leur manquait au moment où chacun se sépara sur la place pour regagner son logis, après avoir épuisé toutes les formules d'adieu.

Ce terrible magistrat était en effet seul avec la

«Von Paris.»

«Deine Kameraden sind wohl noch weit zurück?» fragte der Mann aus der Normandie spöttisch.

«Ich bin dem Bataillon drei Meilen voraus.»

«Gewiß ziehen dich Gefühle nach Carentan, Bürger Rekrut?» sagte der Bürgermeister mit schlauem Ausdruck. «Schon gut», setzte er hinzu, indem er dem jungen Mann, der sprechen wollte, mit einer Handbewegung Schweigen gebot, «wir wissen, wohin wir dich zu schicken haben. Da nimm», sagte er, indem er ihm den Quartierschein gab, «und jetzt geh, *Bürger Jussieu!*»

Ein Anflug von Spott lag in dem Ton, mit dem der Beamte die letzten beiden Worte aussprach; er reichte dem Soldaten einen Quartierschein, auf dem das Haus der Frau von Dey eingetragen war. Der junge Mensch las die Anschrift mit einiger Neugier.

«Er weiß genau, daß er nicht weit zu gehen hat. Und wenn er draußen ist, wird er den Platz schnell überquert haben», meinte der Bürgermeister bei sich, während der Junge hinausging. «Keck ist er ja! Möge Gott ihn geleiten! Er hat auf alles eine Antwort. Nur – ein anderer als ich hätte ihn nach seinen Papieren gefragt, und er wäre verloren gewesen!»

Gerade eben hatten die Kirchenuhren von Carentan halb zehn geschlagen. Im Vorzimmer der Frau von Dey zündete man die Laternen an; die Diener halfen ihren Herren und Herrinnen beim Anlegen der Holzschuhe, kurzen Mäntel und Überröcke; die Spieler hatten ihre Rechnungen beglichen und wollten nach dem in allen Kleinstädten üblichen Brauch zusammen fortgehen.

«Es sieht so aus, als wolle der Ankläger noch bleiben», sagte eine Dame, als sie bemerkte, daß diese wichtige Persönlichkeit fehlte, als jeder sich auf dem Platz verabschiedete, um heimzugehen, nachdem alle Grußformeln aufgebraucht waren.

Der schreckenerregende Beamte war in der Tat allein bei

comtesse, qui attendait, en tremblant, qu'il lui plût de sortir.

– Citoyenne, dit-il enfin après un long silence qui eut quelque chose d'effrayant, je suis ici pour faire observer les lois de la République...

Madame de Dey frissonna.

– N'as-tu donc rien à me révéler? demanda-t-il.

– Rien, répondit-elle étonnée.

– Ah! madame, s'écria l'accusateur en s'asseyant auprès d'elle et changeant de ton, en ce moment, faute d'un mot, vous ou moi, nous pouvons porter notre tête sur l'échafaud. J'ai trop bien observé votre caractère, votre âme, vos manières, pour partager l'erreur dans laquelle vous avez su mettre votre société ce soir. Vous attendez votre fils, je n'en saurais douter.

La comtesse laissa échapper un geste de dénégation; mais elle avait pâli, mais les muscles de son visage s'étaient contractés par la nécessité où elle se trouvait d'afficher une fermeté trompeuse, et l'œil implacable de l'accusateur public ne perdit aucun de ses mouvements.

– Eh! bien, recevez-le, reprit le magistrat révolutionnaire; mais qu'il ne reste pas plus tard que sept heures du matin sous votre toit. Demain, au jour, armé d'une dénonciation que je me ferai faire, je viendrai chez vous...

Elle le regarda d'un air stupide qui aurait fait pitié à un tigre.

– Je démontrerai, poursuivit-il d'une voix douce, la fausseté de la dénonciation par d'exactes perquisitions, et vous serez, par la nature de mon rapport, à l'abri de tous soupçons ultérieurs. Je parlerai de vos dons patriotiques, de votre civisme, et nous serons *tous* sauvés.

Madame de Dey craignait un piége, elle restait
36 immobile, mais son visage était en feu et sa langue
37 glacée. Un coup de marteau retentit dans la maison.

der Gräfin, die zitternd wartete, daß er sich endlich zum Gehen entschließe.

«Bürgerin», sagte er endlich nach einem langen Schweigen, das etwas Fürchterliches hatte, «ich bin hier, um den Gesetzen der Republik Geltung zu verschaffen...»

Frau von Dey erschauerte.

«Hast du mir nichts zu entdecken?» fragte er.

«Nichts», erwiderte sie erstaunt.

«Ach, Madame», rief der Ankläger, indem er sich zu ihr setzte und einen anderen Ton anschlug, «es braucht jetzt nur ein Wort, sonst können wir, Sie und ich, unseren Kopf aufs Schafott tragen. Ich habe Ihren Charakter, Ihre Seele, Ihre Art zu genau beobachtet, als daß ich dem gleichen Irrtum verfallen könnte, in dem Sie heute abend Ihre ganze Gesellschaft gehalten haben. Sie erwarten Ihren Sohn, dessen bin ich sicher.»

Der Gräfin gelang zwar eine verneinende Handbewegung, aber sie war blaß geworden, und ihre Gesichtsmuskeln hatten sich verkrampft, weil sie sich zwingen mußte, eine gespielte Sicherheit zu zeigen, und dem gnadenlosen Blick des Öffentlichen Anklägers entging nicht eine ihrer Bewegungen.

«Gut, also nehmen Sie ihn auf», erklärte der Würdenträger der Revolution, «aber er darf nicht länger als bis sieben Uhr früh unter Ihrem Dach bleiben. Morgen werde ich mich bei Tagesanbruch mit einer Anzeige, die ich mir besorgen werde, bei Ihnen einstellen...»

Sie blickte ihn so schreckensstarr an, daß es einen Tiger erbarmt hätte.

«Ich werde durch eine genaue Haussuchung beweisen», fuhr er mit sanfter Stimme fort, «daß man Sie zu Unrecht denunziert hat, und mein Bericht wird so ausfallen, daß Sie vor jedem späteren Verdacht sicher sind. Ich werde Ihre patriotischen Stiftungen, Ihren Bürgersinn erwähnen, und wir werden *alle* gerettet sein.»

Frau von Dey fürchtete eine Falle und blieb unbeweglich, aber ihr Gesicht brannte und ihre Zunge war wie gefroren. Da hallte ein Schlag des Türklopfers durch das Haus.

– Ah! cria la mère épouvantée, en tombant à genoux. Le sauver, le sauver!

– Oui, sauvons-le! reprit l'accusateur public, en lui lançant un regard de passion, dût-il *nous* en coûter la vie.

– Je suis perdue, s'écria-t-elle pendant que l'accusateur la relevait avec politesse.

– Eh! madame, répondit-il par un beau mouvement oratoire, je ne veux vous devoir à rien ... qu'à vous-même.

– Madame, le voi...! s'écria Brigitte qui croyait sa maîtresse seule.

A l'aspect de l'accusateur public, la vieille servante, de rouge et joyeuse qu'elle était, devint immobile et blême.

– Qui est-ce, Brigitte? demanda le magistrat d'un air doux et intelligent.

– Un réquisitionnaire que le maire nous envoie à loger, répondit la servante en montrant le billet.

– C'est vrai, dit l'accusateur après avoir lu le papier. Il nous arrive un bataillon ce soir!

Et il sortit.

La comtesse avait trop besoin de croire en ce moment à la sincérité de son ancien procureur pour concevoir le moindre doute; elle monta rapidement l'escalier, ayant à peine la force de se soutenir; puis, elle ouvrit la porte de sa chambre, vit son fils, se précipita dans ses bras, mourante:

– Oh! mon enfant, mon enfant! s'écria-t-elle en sanglotant et le couvrant de baisers empreints d'une sorte de frénésie.

– Madame, dit l'inconnu.

– Ah! ce n'est pas lui, cria-t-elle en reculant d'épouvante et restant debout devant le réquisitionnaire qu'elle contemplait d'un air hagard.

38 – O saint bon Dieu, quelle ressemblance! dit Bri-
39 gitte.

«Ach!» rief die Mutter in ihrem Schrecken und sank in die Knie. «Wir müssen ihn retten, retten!»

«Ja, wir müssen ihn retten!» erwiderte der Öffentliche Ankläger, indem er einen leidenschaftlichen Blick auf sie warf. «Und wenn es *uns* das Leben kosten sollte.»

«Ich bin verloren», rief sie, während der Ankläger sie fürsorglich aufhob.

«Ha, Madame», versetzte er in einer rhetorischen Aufwallung, «ich will Sie niemandem verdanken ... außer Ihnen selber.»

«Madame, er ist ... !» rief Brigitte, die ihre Herrin allein wähnte.

Beim Anblick des Öffentlichen Anklägers wurde die alte Dienerin, so rot sie vor freudiger Erregung war, starr und bleich.

«Wer ist es, Brigitte?» fragte der Würdenträger sanft und mitfühlend.

«Ein Rekrut, den uns der Bürgermeister als Einquartierung schickt», erwiderte die Dienerin und wies den Schein vor.

«Richtig», sagte der Ankläger, als er den Zettel gelesen hatte, «wir erwarten ja heute nacht ein Bataillon!»

Damit ging er.

Die Gräfin hatte ein zu großes Bedürfnis, an die Aufrichtigkeit ihres einstigen Vermögensverwalters zu glauben, als daß sie den geringsten Zweifel aufkommen lassen konnte; sie eilte die Treppe hinauf, obwohl sie kaum noch die Kraft besaß, sich aufrecht zu halten, öffnete die Tür des Zimmers, erblickte ihren Sohn und warf sich in seine Arme, indem sie mit ersterbender Stimme ausrief:

«Ach, mein Kind, mein Kind!» Schluchzend bedeckte sie ihn mit geradezu schwärmerischen Küssen.

«Madame», sagte der Unbekannte.

«Oh, er ist es nicht», rief sie, wich entsetzt zurück und stand nun vor dem Rekruten, den sie mit verstörter Miene anstarrte.

«Heiliger Gott im Himmel, was für eine Ähnlichkeit!» sagte Brigitte.

Il y eut un moment de silence, et l'étranger lui-même tressaillit à l'aspect de madame de Dey.

– Ah! monsieur, dit-elle en s'appuyant sur le mari de Brigitte, et sentant alors dans toute son étendue une douleur dont la première atteinte avait failli la tuer; monsieur, je ne saurais vous voir plus longtemps, souffrez que mes gens me remplacent et s'occupent de vous.

Elle descendit chez elle, à demi portée par Brigitte et son vieux serviteur.

– Comment, madame! s'écria la femme de charge en asseyant sa maitresse, cet homme va-t-il coucher dans le lit de monsieur Auguste, mettre les pantoufles de monsieur Auguste, manger le pâté que j'ai fait pour monsieur Auguste! quand on devrait me guillotiner, je . . .

– Brigitte! cria madame de Dey.

Brigitte resta muette.

– Tais-toi donc, bavarde, lui dit son mari à voix basse, veux-tu tuer madame?

En ce moment, le réquisitionnaire fit du bruit dans sa chambre en se mettant à table.

– Je ne resterai pas ici, s'écria madame de Dey, j'irai dans la serre, d'où j'entendrai mieux ce qui se passera au dehors pendant la nuit.

Elle flottait encore entre la crainte d'avoir perdu son fils et l'espérance de le voir reparaître. La nuit fut horriblement silencieuse, il y eut, pour la comtesse, un moment affreux, quand le bataillon des réquisitionnnaires vint en ville et que chaque homme y chercha son logement. Ce fut des espérances trompées à chaque pas, à chaque bruit; puis bientôt la nature reprit un calme effrayant. Vers le matin, la comtesse fut obligée de rentrer chez elle. Brigitte, qui surveillait les mouvements de sa maîtresse, ne la voyant pas sortir, entra dans la
40 chambre et y trouva la comtesse morte.

41 – Elle aura probablement entendu ce réquisition-

Einen Augenblick lang herrschte Schweigen, und selbst der Fremde erschauerte beim Anblick der Frau von Dey.

«Ach, mein Herr», sagte sie, indem sie sich auf Brigittes Mann stützte, weil sie erst jetzt den ganzen Schmerz spürte, der sie im ersten Anprall beinahe getötet hätte; «mein Herr, ich kann Ihnen nicht länger Gesellschaft leisten. Gestatten Sie, daß meine Leute mich vertreten und sich Ihrer annehmen.»

Sie ging in ihre Räume hinunter, halb getragen von Brigitte und dem alten Diener.

«Wie, Madame», entfuhr es der Wirtschafterin, indem sie ihre Herrin auf einen Sessel bettete, «dieser Mensch soll in dem Bett von Monsieur Auguste schlafen, die Hausschuhe von Monsieur Auguste anziehen, die Pastete essen, die ich für Monsieur Auguste gemacht habe! Und wenn man mir den Kopf abschlägt, ich...»

«Brigitte!» rief Frau von Dey aus.

Brigitte schwieg.

«Halte doch den Mund, du Schwätzerin», sagte ihr Mann leise zu ihr, «willst du Madame umbringen?»

Gerade setzte sich der Rekrut in seinem Zimmer geräuschvoll zu Tisch.

«Hier bleibe ich nicht», rief Frau von Dey, «ich gehe in den Wintergarten, dort kann ich besser hören, was während der Nacht draußen vorgeht.»

Sie war noch hin- und hergerissen zwischen der Angst, ihren Sohn verloren zu haben, und der Hoffnung, ihn hereinkommen zu sehen. Die Nacht war fürchterlich still, und für die Gräfin war der Augenblick besonders quälend, als das Bataillon in die Stadt einzog und die Männer ihre Quartiere suchten.

Jeder Schritt, jedes Geräusch war eine trügerische Hoffnung; nicht lange, und die Natur fiel wieder in entsetzliches Schweigen. Gegen Morgen mußte die Gräfin ihr Zimmer aufsuchen. Brigitte, die alle Bewegungen ihrer Herrin beobachtete, merkte, daß sie nicht wieder herauskam, trat in den Raum und fand die Gräfin tot.

«Wahrscheinlich hat sie den Rekruten gehört, der beim

naire qui achève de s'habiller et qui marche dans la chambre de monsieur Auguste en chantant leur damnée *Marseillaise,* comme s'il était dans une écurie ! s'écria Brigitte. Ça l'aura tuée !

La mort de la comtesse fut causée par un sentiment plus grave, et sans doute par quelque vision terrible. A l'heure précise où madame de Dey mourait à Carentan, son fils était fusillé dans le Morbihan. Nous pouvons joindre ce fait tragique à toutes les observations sur les sympathies qui méconnaissent les lois de l'espace; documents que rassemblent avec une savante curiosité quelques hommes de solitude, et qui serviront un jour à asseoir les bases d'une science nouvelle à laquelle il a manqué jusqu'à ce jour un homme de génie.

Anziehen im Zimmer von Monsieur Auguste herumläuft und dabei diese verdammte Marseillaise singt, als wenn er in einem Pferdestall wäre!» rief Brigitte aus. «Das hat sie nicht überlebt!»

Der Tod der Gräfin hatte seine Ursache in einer viel tieferen Empfindung und wahrscheinlich in einem schrecklichen Gesicht. Denn genau zu der Stunde, da die Gräfin in Carentan starb, wurde ihr Sohn im Morbihan erschossen. Wir können dieses tragische Ereignis nur den vielen Beobachtungen von Bindungen hinzufügen, die den Gesetzen des Raumes hohnsprechen. Das sind Dokumente, die wenige Einzelgänger mit gelehrter Neugier zusammentragen und die eines Tages dazu dienen werden, das Fundament für eine neue Wissenschaft zu legen, für die es bis heute an dem genialen Mann gefehlt hat.

Le clocher de la petite ville de Menda venait de sonner minuit. En ce moment, un jeune officier français, appuyé sur le parapet d'une longue terrasse qui bordait les jardins du château de Menda, paraissait abîmé dans une contemplation plus profonde que ne le comportait l'insouciance de la vie militaire; mais il faut dire aussi que jamais heure, site et nuit ne furent plus propices à la méditation. Le beau ciel d'Espagne étendait un dôme d'azur au-dessus de sa tête. Le scintillement des étoiles et la douce lumière de la lune éclairaient une vallée délicieuse qui se déroulait coquettement à ses pieds. Appuyé sur un oranger en fleur, le chef de bataillon pouvait voir, à cent pieds au-dessous de lui, la ville de Menda, qui semblait s'être mise à l'abri des vents du nord, au pied du rocher sur lequel était bâti le château. En tournant la tête, il apercevait la mer, dont les eaux brillantes encadraient le paysage d'une large lame d'argent. Le château était illuminé. Le joyeux tumulte d'un bal, les accents de l'orchestre, les rires de quelques officiers et de leurs danseuses arrivaient jusqu'à lui, mêlés au lointain murmure des flots. La fraîcheur de la nuit imprimait une sorte d'énergie à son corps fatigué par la chaleur du jour. Enfin les jardins étaient plantés d'arbres si odoriférants et de fleurs si suaves, que le jeune homme se trouvait comme plongé dans un bain de parfums.

Le château de Menda appartenait à un grand d'Espagne, qui l'habitait en ce moment avec sa famille. Pendant toute cette soirée, l'aînée des filles avait regardé l'officier avec un intérêt empreint d'une telle tristesse, que le sentiment de compassion exprimé par l'Espagnole pouvait bien causer la rêverie du Français. Clara était belle, et quoiqu'elle

Der Henker

Vom Kirchturm der kleinen Stadt Menda hatte es Mitternacht geschlagen. An die Brüstung einer langen Terrasse gelehnt, die sich am Schloßpark von Menda hinzog, stand zu dieser Stunde ein junger französischer Offizier und schien in tiefe Betrachtungen versunken, wie sie nicht recht zum unbekümmerten Soldatenleben passen wollten. Allerdings muß man sagen, daß Stunde, Ort und Nacht nicht besser zur Nachdenklichkeit hätten geeignet sein können. Azurblau wölbte sich der schöne spanische Himmel über seinem Haupt. Das Funkeln der Sterne und der milde Schein des Mondes beleuchteten ein entzückendes Tal, das sich verführerisch zu seinen Füßen ausbreitete. Wenn er sich gegen einen blühenden Orangenbaum stützte, konnte der Bataillonskommandeur dreißig Meter tiefer die Stadt Menda erkennen, die vor den Nordwinden am Fuß des Felsens, auf dem das Schloß erbaut war, Zuflucht gesucht zu haben schien. Wandte er den Kopf, so sah er das Meer, dessen glitzernde Flut die Landschaft mit einer breiten Silberleiste einrahmte.

Das Schloß war erleuchtet. Der fröhliche Trubel eines Balls, die Klänge der Kapelle, das Gelächter einiger Offiziere und ihrer Tänzerinnen drangen bis zu ihm herüber, vermischt mit dem fernen Rauschen der Wellen. Die Kühle der Nacht gab seinem von der Tageshitze ermatteten Körper so etwas wie neue Kraft. Und im Park wuchsen so wohlriechende Bäume, die Blumen verströmten einen so lieblichen Hauch, daß der junge Mensch geradezu in ein duftendes Bad getaucht war.

Das Schloß von Menda gehörte einem spanischen Granden, der sich mit seiner Familie derzeit darin aufhielt. Den ganzen Abend lang hatte die älteste Tochter den Offizier mit einer so auffallend traurigen Anteilnahme angesehen, daß die Empfindung des Mitgefühls, der diese Spanierin Ausdruck verlieh, durchaus an der träumerischen Stimmung des Franzosen schuld sein mochte. Clara war schön, und obwohl

eût trois frères et une sœur, les biens du marquis de Léganès paraissaient assez considérables pour faire croire à Victor Marchand que la jeune personne aurait une riche dot. Mais comment oser croire que la fille du vieillard le plus entiché de sa grandesse qui fût en Espagne, pourrait être donnée au fils d'un épicier de Paris! D'ailleurs, les Français étaient haïs. Le marquis ayant été soupçonné par le général G..t..r, qui gouvernait la province, de préparer un soulèvement en faveur de Ferdinand VII, le bataillon commandé par Victor Marchand avait été cantonné dans la petite ville de Menda pour contenir les campagnes voisines, qui obéissaient au marquis de Léganès. Une récente dépêche du maréchal Ney faisait craindre que les Anglais ne débarquassent prochainement sur la côte, et signalait le marquis comme un homme qui entretenait des intelligences avec le cabinet de Londres. Aussi, malgré le bon accueil que cet Espagnol avait fait à Victor Marchand et à ses soldats, le jeune officier se tenait-il constamment sur ses gardes.

En se dirigeant vers cette terrasse où il venait examiner l'état de la ville et des campagnes confiées à surveillance, il se demandait comment il devait interpréter l'amitié que le marquis n'avait cessé de lui témoigner, et comment la tranquillité du pays pouvait se concilier avec les inquiétudes de son général; mais depuis un moment, ces pensées avaient été chassées de l'esprit du jeune commandant par un sentiment de prudence et par une curiosité bien légitime. Il venait d'apercevoir dans la ville une assez grande quantité de lumières. Malgré la fête de saint Jacques, il avait ordonné, le matin même, que les feux fussent éteints à l'heure prescrite par son règlement. Le château seul avait été excepté de cette mesure. Il vit bien briller çà et là les baïonnettes de ses soldats aux postes accoutumés; mais le silence était solennel, et rien n'annonçait que les Espagnols

sie drei Brüder und eine Schwester hatte, schien das Vermögen des Marqués de Legañes doch beträchtlich genug zu sein, um bei Victor Marchand den Glauben zu erwecken, das Mädchen werde eine stattliche Mitgift bekommen. Aber wie hätte er annehmen dürfen, daß der alte Herr, der sich auf seinen Grandentitel mehr einbildete als irgendein Spanier, seine Tochter dem Sohn eines Pariser Krämers geben würde! Außerdem waren die Franzosen verhaßt. Gerade weil General G..t..r, der Provinzgouverneur, den Marqués in Verdacht hatte, daß er eine Erhebung zugunsten von Ferdinand VII. vorbereitete, hatte er das von Victor Marchand befehligte Bataillon in die kleine Stadt Menda verlegt, um das umliegende Land, das dem Marqués von Legañes untertan war, in Schach zu halten. Eine kürzlich von Marschall Ney eingetroffene Depesche ließ befürchten, daß die Engländer demnächst an der Küste landen würden, und sie bezeichnete den Marqués als einen Mann, der Beziehungen zum Kabinett in London unterhalte. Ungeachtet des guten Empfangs, den dieser Spanier Victor Marchand und seinen Soldaten bereitet hatte, war der junge Offizier also beständig auf der Hut.

Als er auf die Terrasse hinausgegangen war, von der er den Zustand der Stadt und der seiner Überwachung anvertrauten Gegend betrachten konnte, hatte er sich gefragt, wie er die Freundschaft zu deuten habe, die ihm der Marqués fortwährend bezeigte, und wie sich die Ruhe des Ortes mit den Besorgnissen seines Generals in Einklang bringen ließ. Seit einer Weile allerdings waren diese Erwägungen aus dem Geist des jungen Majors verdrängt worden von vorsichtiger Bedenklichkeit und höchst berechtigter Neugier. Er hatte in der Stadt eine ziemlich große Anzahl von Lichtern wahrgenommen. Es war zwar das Fest des heiligen Jakob, aber er hatte noch am Morgen befohlen, alle Lichter seien zu der von ihm vorgeschriebenen Stunde zu löschen, und nur das Schloß war von dieser Maßregel ausgenommen. Zwar sah er hier und da auf den üblichen Posten die Bajonette seiner Soldaten blinken, aber es herrschte feierliche Stille, und nichts ließ darauf schließen, daß sich die Spanier etwa einem

fussent en proie à l'ivresse d'une fête. Après avoir cherché à s'expliquer l'infraction dont se rendaient coupables les habitants, il trouva dans ce délit un mystère d'autant plus incompréhensible qu'il avait laissé des officiers chargés de la police nocturne et des rondes.

Avec l'impétuosité de la jeunesse, il allait s'élancer par une brèche pour descendre rapidement les rochers, et parvenir ainsi plus tôt que par le chemin ordinaire à un petit poste placé à l'entrée de la ville du côté du château, quand un faible bruit l'arrêta dans sa course. Il crut entendre le sable des allées criant sous le pas léger d'une femme. Il retourna la tête et ne vit rien; mais ses yeux furent saisis par l'éclat extraordinaire de l'Océan. Il y aperçut tout à coup un spectacle si funeste qu'il demeura immobile de surprise, en accusant ses sens d'erreur. Les rayons blanchissants de la lune lui permirent de distinguer des voiles à une assez grande distance. Il tressaillit, et tâcha de se convaincre que cette vision était un piège d'optique offert par les fantaisies des ondes et de la lune. En ce moment, une voix enrouée prononça le nom de l'officier, qui regarda vers la brèche, et vit s'y élever lentement la tête du soldat par lequel il s'était fait accompagner au château.

– Est-ce vous, mon commandant?

– Oui. Eh! bien? Lui dit à voix basse le jeune homme, qu'une sorte de pressentiment avertit d'agir avec mystère.

– Ces gredins-là se remuent comme des vers, et je me hâte, si vous le permettez, de vous communiquer mes petites observations.

– Parle, répondit Victor Marchand.

– Je viens de suivre un homme du château qui s'est dirigé par ici une lanterne à la main. Une
48 lanterne est furieusement suspecte! je ne crois pas
49 que ce chrétien-là ait besoin d'allumer des cierges à

rauschenden Fest hingaben. Nachdem er versucht hatte, eine Erklärung für den Verstoß zu finden, dessen sich die Einwohner da schuldig machten, erschien ihm das Vergehen um so geheimnisvoller und unverständlicher, als er ja Offiziere zurückgelassen hatte, die für Nachtwache und für Polizeistreifen sorgen sollten.

Mit jugendlichem Ungestüm wollte er sich eben durch eine Mauerlücke zwängen, um rasch die Felsen hinunterzuklettern und so schneller als auf dem üblichen Weg zu einer kleinen Wache zu gelangen, die er an dem zum Schloß hin gelegenen Stadttor eingerichtet hatte. Doch ein schwaches Geräusch hielt ihn im Lauf zurück. Er glaubte den Sand der Gartenwege unter dem leichten Fuß einer Frau knirschen zu hören. Er wandte den Kopf und sah nichts, aber sein Blick wurde vom außerordentlichen Glanz des Meeres festgehalten. Und plötzlich entdeckte er dort ein so unheilvolles Schauspiel, daß er vor Überraschung starr stehenblieb und seinen Sinnen nicht trauen mochte. Das bleichende Mondlicht machte es möglich, daß er in ziemlicher Ferne Segel erkannte. Er schrak zusammen und suchte sich einzureden, diese Vision sei nichts als eine von den Launen der Wellen und des Mondes hervorgerufene optische Täuschung. In diesem Augenblick rief eine heisere Stimme den Namen des Offiziers, der zur Mauerlücke blickte und langsam den Kopf des Soldaten heraufkommen sah, von dem er sich aufs Schloß hatte begleiten lassen.

«Sind Sie es, Herr Major?»

«Ja. Was gibt es?» sagte der junge Mann leise zu ihm, weil ihn so etwas wie eine Ahnung trieb, sich unauffällig zu verhalten.

«Die Halunken wimmeln herum wie die Würmer, und ich bitte, Ihnen in aller Eile meine kleinen Beobachtungen melden zu dürfen.»

«Sprich!» erwiderte Victor Marchand.

«Ich bin eben einem Mann aus dem Schloß nachgegangen, der mit einer Laterne in der Hand in unsere Richtung ging. So eine Laterne ist doch höllisch verdächtig. Ich glaube nicht, daß dieser Christenmensch gerade jetzt geweihte Kerzen an-

cette heure-ci. Ils veulent nous manger! que je me suis dit, et je me suis mis à lui examiner les talons. Aussi, mon commandant, ai-je découvert à trois pas d'ici, sur un quartier de roche, un certain amas de fagots.

Un cri terrible qui tout à coup retentit dans la ville, interrompit le soldat. Une lueur soudaine éclaira le commandant. Le pauvre grenadier reçut une balle dans la tête et tomba. Un feu de paille et de bois sec brillait comme un incendie à dix pas du jeune homme. Les instruments et les rires cessaient de se faire entendre dans la salle du bal. Un silence de mort, interrompu par des gémissements, avait soudain remplacé les rumeurs et la musique de la fête. Un coup de canon retentit sur la plaine blanche de l'Océan. Une sueur froide coula sur le front du jeune officier. Il était sans épée. Il comprenait que ses soldats avaient péri et que les Anglais allaient débarquer. Il se vit déshonoré s'il vivait, il se vit traduit devant un conseil de guerre; alors il mesura des yeux la profondeur de la vallée, et s'y élançait au moment où la main de Clara saisit la sienne.

– Fuyez! dit-elle, mes frères me suivent pour vous tuer. Au bas du rocher, par là, vous trouverez l'andalou de Juanito. Allez!

Elle le poussa, le jeune homme stupéfait la regarda pendant un moment; mais, obéissant bientôt à l'instinct de conservation qui n'abandonne jamais l'homme, même le plus fort, il s'élança dans le parc en prenant la direction indiquée, et courut à travers des rochers que les chèvres avaient seules pratiqués jusqu'alors. Il entendit Clara crier à ses frères de le poursuivre; il entendit les pas de ses assassins; il entendit siffler à ses oreilles les balles de plusieurs décharges; mais il atteignit la vallée, trouva le cheval, monta dessus et disparut avec la
50 rapidité de l'éclair.

51 En peu d'heures le jeune officier parvint au quar-

zünden muß. Die wollen uns fressen, hab ich mir gesagt, und bin ihm dicht auf den Fersen geblieben. Und auf diese Weise, Herr Major, habe ich nur ein paar Schritte von hier auf einer Felsplatte einen ziemlich großen Reisighaufen entdeckt.»

Ein schrecklicher Schrei, der plötzlich durch die Stadt hallte, unterbrach den Soldaten. Eine jähe Helle beleuchtete den Major. Der arme Grenadier bekam eine Kugel in den Kopf und fiel. Ein Feuer aus Stroh und trockenem Holz loderte zehn Schritte von dem jungen Mann wie ein Flammenmeer empor. Aus dem Ballsaal waren keine Instrumente und kein Gelächter mehr zu hören. Eine tödliche Stille, nur von Stöhnen unterbrochen, war plötzlich an die Stelle des festlichen Lärms und der Musik getreten. Ein Kanonenschuß hallte über die weiße Fläche des Meeres. Dem jungen Offizier trat kalter Schweiß auf die Stirn. Er war ohne Degen. Er begriff, daß seine Soldaten umgekommen waren und daß die Engländer landen würden. Er sah sich entehrt, wenn er am Leben blieb, sah sich schon vor ein Kriegsgericht gestellt. So maß er mit einem Blick die Tiefe des Tals und wollte sich schon hinunterstürzen, als Claras Hand die seine ergriff.

«Fliehen Sie», sagte sie, «meine Brüder folgen mir und wollen Sie töten. Unten am Felsen, dort entlang, ist Juanitos Andalusier angebunden. Rasch!»

Sie stieß ihn vorwärts. Der junge Mann sah sie einen Augenblick lang betroffen an, aber gleich darauf gehorchte er dem Selbsterhaltungstrieb, der keinen Menschen, auch den mutigsten nicht, jemals verläßt, rannte in der angegebenen Richtung durch den Park und sprang über Felsen, auf denen sich bislang nur Ziegen getummelt hatten.

Er hörte, wie Clara ihren Brüdern zurief, sie sollten ihm nachsetzen, hörte die Schritte seiner Mörder, hörte die Kugeln mehrerer Salven um seine Ohren pfeifen, doch er gelangte ins Tal, fand das Pferd, schwang sich hinauf und verschwand schnell wie der Blitz.

In wenigen Stunden erreichte der junge Offizier das

tier du général G . . t . . r, qu'il trouva dînant avec son état-major.

– Je vous apporte ma tête! s'écria le chef de bataillon en apparaissant pâle et défait.

Il s'assit et raconta l'horrible aventure. Un silence effrayant accueillit son récit.

– Je vous trouve plus malheureux que criminel, répondit enfin le terrible général. Vous n'êtes pas comptable du forfait des Espagnols; et à moins que le maréchal n'en décide autrement, je vous absous.

Ces paroles ne donnèrent qu'une bien faible consolation au malheureux officier.

– Quand l'empereur saura cela! s'écria-t-il.

– Il voudra vous faire fusiller, dit le général, mais nous verrons. Enfin, ne parlons plus de ceci, ajouta-t-il d'un ton sévère, que pour en tirer une vengeance qui imprime une terreur salutaire à ce pays où l'on fait la guerre à la façon des sauvages.

Une heure après, un régiment entier, un détachement de cavalerie et un convoi d'artillerie étaient en route. Le général et Victor marchaient à la tête de cette colonne. Les soldats, instruits du massacre de leurs camarades, étaient possédés d'une fureur sans exemple. La distance qui séparait la ville de Menda du quartier général fut franchie avec une rapidité miraculeuse. Sur la route, le général trouva des villages entiers sous les armes. Chacune de ces misérables bourgades fut cernée et leurs habitants décimés.

Par une de ces fatalités inexplicables, les vaisseaux anglais étaient restés en panne sans avancer; mais on sut plus tard que ces vaisseaux ne portaient que de l'artillerie et qu'ils avaient mieux marché que le reste des transports. Ainsi la ville de Menda, privée des défenseurs qu'elle attendait, et que l'apparition des voiles anglaises semblait lui promettre,
52 fut entourée par les troupes françaises presque sans
53 coup férir. Les habitants, saisis de terreur, offrirent

Quartier von General G..t..r, den er mit seinem Stab beim Essen traf.

«Ich bringe Ihnen meinen Kopf!» rief der Bataillonskommandeur, indem er bleich und aufgelöst hereinkam.

Er setzte sich und erzählte den grausigen Vorfall. Sein Bericht wurde mit beklemmendem Schweigen aufgenommen.

«Ich finde an Ihnen mehr Unglück als Schuld», gab der schreckliche General endlich zur Antwort. «Sie sind nicht verantwortlich für das Verbrechen der Spanier, und wenn nicht der Marschall anders entscheidet – ich spreche Sie frei.»

Diese Worte waren für den unglücklichen Offizier nur ein recht schwacher Trost.

«Wenn der Kaiser es erfährt!» rief er aus.

«Dann wird er Sie erschießen lassen wollen», sagte der General, «aber das wird sich zeigen. Sprechen wir nicht mehr darüber», setzte er in strengem Ton hinzu; «aber wir wollen eine Rache nehmen, die diesem Land, wo man Krieg führt wie bei den Wilden, einen heilsamen Schrecken einjagt.»

Eine Stunde später waren ein ganzes Regiment Infanterie, eine Kavallerieabteilung und eine Artilleriekolonne auf dem Marsch. An der Spitze des Zuges befanden sich der General und Victor. Die Soldaten, denen der Meuchelmord an ihren Kameraden bekanntgegeben worden war, erfüllte beispiellose Wut. Die Entfernung zwischen dem Hauptquartier und der Stadt Menda wurde mit einer ans Wunderbare grenzenden Schnelligkeit zurückgelegt. Unterwegs traf der General ganze Dörfer in Waffen. Die elenden Flecken wurden umstellt und jeder zehnte Einwohner hingerichtet.

Durch eine unerklärliche Fügung, wie sie immer wieder vorkommt, waren die englischen Schiffe liegengeblieben, anstatt sich zu nähern; erst später stellte sich heraus, daß sie nur Artillerie an Bord hatten und schneller vorangekommen waren als die übrigen Fahrzeuge des Transports. Die Stadt Menda, die der Verteidiger entraten mußte, auf die sie gewartet hatte und die das Auftauchen der englischen Segel zu versprechen schien, wurde darum von den französischen Truppen so gut wie ohne Schwertstreich eingeschlossen. Die

de se rendre à discrétion. Par un de ces dévouements qui n'ont pas été rares dans la Péninsule, les assassins des Français, prévoyant, d'après la cruauté connue du général, que Menda serait peut-être livrée aux flammes et la population entière passée au fil de l'épée, proposèrent de se dénoncer eux-mêmes au général. Il accepta cette offre, en y mettant pour condition que les habitants du château, depuis le dernier valet jusqu'au marquis, seraient mis entre ses mains. Cette capitulation consentie, le général promit de faire grâce au reste de la population et d'empêcher ses soldats de piller la ville ou d'y mettre le feu. Une contribution énorme fut frappée, et les plus riches habitants se constituèrent prisonniers pour en garantir le paiement, qui devait être effectué dans les vingt-quatre heures.

Le général prit toutes les précautions nécessaires à la sûreté de ses troupes, pourvut à la défense du pays, et refusa de loger ses soldats dans les maisons. Après les avoir fait camper, il monta au château et s'en empara militairement. Les membres de la famille de Léganès et les domestiques furent soigneusement gardés à vue, garottés, et enfermés dans la salle où le bal avait eu lieu. Des fenêtres de cette pièce on pouvait facilement embrasser la terrasse qui dominait la ville. L'état-major s'établit dans une galerie voisine, où le général tint d'abord conseil sur les mesures à prendre pour s'opposer au débarquement. Après avoir expédié un aide de camp au maréchal Ney, ordonné d'établir des batteries sur la côte, le général et son état-major s'occupèrent des prisonniers. Deux cents Espagnols que les habitants avaient livrés furent immédiatement fusillés sur la terrasse. Après cette exécution militaire, le général commanda de planter sur la terrasse autant de potences qu'il y avait de gens dans la salle du
 château et de faire venir le bourreau de la ville.
 Victor Marchand profita du temps qui allait s'écou-

Einwohner, von Furcht erfüllt, boten an, sich auf Gnade und Ungnade zu ergeben. Aber ein Opfermut, wie er auf der Halbinsel nicht selten ist, ließ die am Franzosenmord Beteiligten den Vorschlag machen, sich selber dem General zu melden, weil sie voraussahen, daß man sonst Menda wahrscheinlich den Flammen übergeben und die ganze Bevölkerung niedermachen würde; denn der General war für seine Grausamkeit bekannt. Er nahm das Angebot an, jedoch unter der Bedingung, daß ihm die Bewohner des Schlosses vom letzten Diener bis zum Marqués auszuliefern seien. Bei Annahme der Kapitulation versprach der General, die übrige Bevölkerung zu schonen und seine Soldaten davon abzuhalten, die Stadt zu plündern oder einzuäschern. Eine riesige Kontribution wurde ihr auferlegt, und die reichsten Einwohner stellten sich als Gefangene, um für die Zahlung zu bürgen, die binnen vierundzwanzig Stunden zu leisten war.

Der General ergriff alle für die Sicherheit seiner Truppen notwendigen Vorsichtsmaßregeln, gab Anweisungen für die Verteidigung der Gegend und lehnte es ab, seine Soldaten in den Häusern einzuquartieren. Nachdem er sie ein Biwak hatte aufschlagen lassen, ging er zum Schloß hinauf und erklärte es für besetzt. Die Mitglieder der Familie Legañes und die Diener wurden unter sorgfältiger Bewachung gefesselt in dem Saal gefangengehalten, in dem der Ball stattgefunden hatte. Aus den Fenstern des Raumes konnte man die Terrasse, die die Stadt beherrschte, gut überblicken. Der Stab versammelte sich in einer anstoßenden Galerie, wo der General zunächst über die Maßnahmen Kriegsrat hielt, die zur Abwehr einer Landung zu treffen waren. Nachdem er einen Adjutanten an Marschall Ney gesandt und Befehl gegeben hatte, an der Küste Batterien in Stellung zu bringen, nahmen der General und sein Stab sich die Gefangenen vor. Zweihundert Spanier, die von den Einwohnern ausgeliefert worden waren, wurden sofort auf der Terrasse erschossen. Nach dieser standrechtlichen Exekution befahl der General, auf der Terrasse so viele Galgen zu errichten, wie Leute im Saal des Schlosses waren, und den Henker der Stadt kommen zu lassen. Victor Marchand benutzte die

ler avant le dîner pour aller voir les prisonniers. Il revint bientôt vers le général.

– J'accours, lui dit-il d'une voix émue, vous demander des grâces.

– Vous! reprit le général avec un ton d'ironie amère.

– Hélas! répondit Victor, je demande de tristes grâces. Le marquis, en voyant planter les potences, a espéré que vous changeriez ce genre de supplice pour sa famille, et vous supplie de faire décapiter les nobles.

– Soit, dit le général.

– Ils demandent encore qu'on leur accorde les secours de la religion, et qu'on les délivre de leurs liens; ils promettent de ne pas chercher à fuir.

– J'y consens, dit le général; mais vous m'en répondrez.

– Le vieillard vous offre encore toute sa fortune si vous voulez pardonner à son jeune fils.

– Vraiment! répondit le chef. Ses biens appartiennent déjà au roi Joseph. Il s'arrêta. Une pensée de mépris rida son front, et il ajouta: – Je vais surpasser leur désir. Je devine l'importance de sa dernière demande. Eh! bien, qu'il achète l'éternité de son nom, mais que l'Espagne se souvienne à jamais de sa trahison et de son supplice! Je laisse sa fortune et la vie à celui de ses fils qui remplira l'office de bourreau. Allez, et ne m'en parlez plus.

Le dîner était servi. Les officiers attablés satisfaisaient un appétit que la fatigue avait aiguillonné. Un seul d'entre eux, Victor Marchand, manquait au festin. Après avoir hésité longtemps, il entra dans le salon où gémissait l'orgueilleuse famille de Léganès, et jeta des regards tristes sur le spectacle que présentait alors cette salle, où, la surveille, il avait vu tournoyer, emportées par la valse, les têtes des deux jeunes filles et des trois jeunes gens. Il frémit en pensant que dans peu elles devaient rouler tran-

Zeit, die bis zum Abendessen blieb, um die Gefangenen aufzusuchen. Bald darauf trat er wieder vor den General.

«Ich komme», sagte er mit bewegter Stimme zu ihm, «um Gnade zu erbitten.»

«Ausgerechnet Sie!» versetzte der General mit bitterem Unterton.

«Ach!» erwiderte Victor. «Ich bitte um einen traurigen Gnadenerweis. Der Marqués hat gesehen, wie die Galgen aufgestellt wurden, und er hofft, Sie werden für seine Familie eine andere Hinrichtungsart vorsehen. Er bittet Sie inständig, die Adeligen enthaupten zu lassen.»

«Bewilligt», sagte der General.

«Sie bitten ferner um die Gewährung religiösen Beistands und um die Befreiung von ihren Fesseln; sie versprechen, keinen Fluchtversuch zu unternehmen.»

«Einverstanden», sagte der General, «aber Sie bürgen mir für sie.»

«Der alte Herr bietet Ihnen außerdem sein ganzes Vermögen, wenn Sie mit seinem jüngsten Sohn Nachsicht zeigen.»

«Ach, wirklich!» erwiderte der Befehlshaber. «Sein Besitz gehört schon König Joseph.» Er hielt inne. Ein Gedanke voller Verachtung furchte seine Stirn, und er setzte hinzu: «Ich werde ihren Wunsch übertreffen. Ich errate die Bedeutung dieser letzten Bitte. Schön, er soll sich den Fortbestand seines Namens erkaufen, aber ewig soll Spanien seines Verrats und seiner letzten Stunde gedenken! Ich lasse demjenigen seiner Söhne Vermögen und Leben, der das Amt des Henkers übernimmt. Gehen Sie jetzt, und reden Sie mir nicht mehr davon!»

Das Abendessen war aufgetragen. Die Offiziere stillten an der Tafel einen Hunger, den die Anstrengung noch vergrößert hatte. Nur einer von ihnen, Victor Marchand, fehlte beim Festmahl. Nachdem er lange gezögert hatte, trat er in den Raum, wo die stolze Familie Legañes seufzte, und blickte traurig auf das Bild, das dieser Saal jetzt bot, in dem er zwei Tage zuvor die Köpfe der beiden Mädchen und der drei jungen Männer im Walzertakt sich hatte drehen sehen. Er erschauerte bei dem Gedanken, daß sie so bald, von Henkers-

chées par le sabre du bourreau. Attachés sur leurs fauteuils dorés, le père et la mère, les trois enfants et les deux filles, restaient dans un état d'immobilité complète. Huit serviteurs étaient debout, les mains liées derrière le dos. Ces quinze personnes se regardaient gravement, et leurs yeux trahissaient à peine les sentiments qui les animaient. Une résignation profonde et le regret d'avoir échoué dans leur entreprise se lisaient sur quelques fronts. Des soldats immobiles les gardaient en respectant la douleur de ces cruels ennemis. Un mouvement de curiosité anima les visages quand Victor parut. Il donna l'ordre de délier les condamnés, et alla lui-même détacher les cordes qui retenaient Clara prisonnière sur sa chaise. Elle sourit tristement. L'officier ne put s'empêcher d'effleurer le bras de la jeune fille, en admirant sa chevelure noire, sa taille souple. C'était une véritable Espagnole: elle avait le teint espagnol, les yeux espagnols, de longs cils recourbés, et une prunelle plus noire que ne l'est l'aile d'un corbeau.

– Avez-vous réussi? dit-elle en lui adressant un de ces sourires funèbres où il y a encore de la jeune fille.

Victor ne put s'empêcher de gémir. Il regarda tour à tour les trois frères et Clara. L'un, et c'était l'aîné, avait trente ans. Petit, assez mal fait, l'air fier et dédaigneux, il ne manquait pas d'une certaine noblesse dans les manières, et ne paraissait pas étranger à cette délicatesse de sentiment qui rendit autrefois la galanterie espagnole si célèbre. Il se nommait Juanito. Le second, Philippe, était âgé de vingt ans environ. Il ressemblait à Clara. Le dernier avait huit ans. Un peintre aurait trouvé dans les traits de Manuel un peu de cette constance romaine que David a prêtée aux enfants dans ses
58 pages républicaines. Le vieux marquis avait une tête
59 couverte de cheveux blancs qui semblait échappée

hand abgeschlagen, herabrollen sollten. Auf ihre vergoldeten Sessel gebunden, saßen Vater und Mutter, die drei Söhne und die zwei Töchter völlig regungslos da. Dabei standen acht Diener mit auf dem Rücken gefesselten Händen. Die fünfzehn Menschen blickten einander ernst an, und ihre Augen verrieten kaum, welche Empfindungen sie bewegten. Manchen stand eine tiefe Niedergeschlagenheit und das Bedauern über das Mißlingen ihres Vorhabens auf der Stirn geschrieben. Sie wurden von einigen regungslos dastehenden Soldaten bewacht, die den Schmerz dieser mitleidlosen Feinde respektierten.

Als Victor erschien, belebte bei manchen eine erwartungsvolle Bewegung das Antlitz. Er gab Befehl, die Verurteilten loszubinden und löste mit eigener Hand die Stricke, die Clara an ihren Stuhl fesselten. Sie lächelte schmerzlich. Der Offizier konnte nicht umhin, den Arm des Mädchens zu streifen; er bewunderte ihr schwarzes Haar, ihren geschmeidigen Wuchs. Sie war eine echte Spanierin: Sie hatte den spanischen Teint, die spanischen Augen, lange aufgebogene Wimpern, und ihre Pupillen glänzten schwärzer als ein Rabenflügel.

«Haben Sie Erfolg gehabt?» fragte sie und schaute ihn mit einem todtraurigen Lächeln an, das noch etwas Jungmädchenhaftes hatte.

Victor konnte ein Aufstöhnen nicht unterdrücken. Nacheinander blickte er auf die drei Brüder und auf Clara. Der eine, der älteste, war dreißigjährig. Er war klein, eher unschön von Gestalt, von stolzer, verächtlicher Miene und nicht ohne einen gewissen Adel der Haltung; offenbar war ihm die Feinfühligkeit nicht fremd, die einst die spanische Höflichkeit so berühmt gemacht hatte. Er hieß Juanito. Der zweite, Felipe, war ungefähr zwanzig Jahre alt. Er hatte Ähnlichkeit mit Clara. Der jüngste, Manuel, war acht Jahre alt; ein Maler hätte in seinen Zügen etwas von der römischen Standhaftigkeit gefunden, die Louis David den Kindern in seinen republikanischen Bildern verliehen hat. Der alte Marqués mit seinem weißhaarigen Haupt schien einem Gemälde von Murillo entstiegen. Der junge Offizier schüttelte

d'un tableau de Murillo. A cet aspect, le jeune officier hocha la tête, en désespérant de voir accepter par un de ces quatre personnages le marché du général; néanmoins il osa le confier à Clara. L'Espagnole frissonna d'abord, mais elle reprit tout à coup un air calme et alla s'agenouiller devant son père.

– Oh! lui dit-elle, faites jurer à Juanito qu'il obéira fidèlement aux ordres que vous lui donnerez, et nous serons contents.

La marquise tressaillit d'espérance; mais quand, se penchant vers son mari, elle eut entendu l'horrible confidence de Clara, cette mère s'évanouit. Juanito comprit tout, il bondit comme un lion en cage. Victor prit sur lui de renvoyer les soldats, après avoir obtenu du marquis l'assurance d'une soumission parfaite. Les domestiques furent emmenés et livrés au bourreau, qui les pendit. Quand la famille n'eut plus que Victor pour surveillant, le vieux père se leva.

– Juanito! dit-il.

Juanito ne répondit que par une inclinaison de tête qui équivalait à un refus, retomba sur sa chaise, et regarda ses parents d'un œil sec et terrible. Clara vint s'asseoir sur ses genoux, et, d'un air gai:

– Mon cher Juanito, dit-elle en lui passant les bras autour du cou et l'embrassant sur les paupières; si tu savais combien, donnée par toi, la mort me sera douce. Je n'aurai pas à subir l'odieux contact des mains d'un bourreau. Tu me guériras des maux qui m'attendaient, et .... mon bon Juanito, tu ne me voulais voir à personne, eh! bien?

Ses yeux veloutés jetèrent un regard de feu sur Victor, comme pour réveiller dans le cœur de Juanito son horreur des Français.

– Aie du courage, lui dit son frère Philippe, au-
60 trement notre race presque royale est éteinte.
61 Tout à coup Clara se leva, le groupe qui s'était

den Kopf bei diesem Anblick; unmöglich kam es ihm vor, daß einer dieser vier Männer das Angebot des Generals annehmen könnte. Trotzdem wagte er, es Clara anzuvertrauen. Die Spanierin schauderte zunächst zusammen, doch unvermittelt gab sie sich wieder ganz ruhig und kniete vor ihrem Vater nieder.

«Oh», sagte sie, «lassen Sie Juanito schwören, daß er den Befehlen, die Sie ihm geben werden, gewissenhaft gehorchen will; dann können wir zufrieden sein.»

Die Marquesa zitterte vor Hoffnung; als sie sich aber zu ihrem Gemahl hinübergebeugt und Claras grausige Mitteilung vernommen hatte, schwanden ihr, der Mutter, die Sinne. Juanito durchschaute alles und bäumte sich auf wie ein Löwe im Käfig. Victor nahm es auf sich, die Soldaten abtreten zu lassen, nachdem er vom Marqués die Zusicherung vollkommenen Gehorsams erhalten hatte. Die Diener wurden hinausgeführt und dem Henker übergeben, der sie aufknüpfte. Als die Familie nur noch Victor zum Bewacher hatte, erhob sich der greise Vater.

«Juanito!» sagte er.

Juanito antwortete nur mit einem Sinkenlassen des Kopfes, das einem Nein gleichkam, fiel auf seinen Stuhl zurück und sah seine Eltern mit trockenem, schrecklichem Auge an. Clara setzte sich auf seine Knie und sagte mit heiterer Miene, indem sie ihm die Arme um den Hals legte und ihn auf die Lider küßte:

«Liebster Juanito, wenn du wüßtest, wie süß mir der Tod ist, wenn du ihn mir gibst. Ich werde nicht die widerwärtige Berührung durch die Hände des Henkers zu erdulden haben. Du wirst mich heilen von den Leiden, die meiner warten würden, und ... Mein guter Juanito, du wolltest doch nicht, daß ich einem fremden Mann gehöre ... Also?»

Ihre Samtaugen warfen einen feurigen Blick auf Victor, als wollte sie im Herzen von Juanito seinen Abscheu vor den Franzosen wiedererwecken.

«Fasse Mut», sagte sein Bruder Felipe zu ihm, «sonst erlischt unser beinahe königliches Geschlecht.»

Jetzt stand Clara auf, die Gruppe, die sich um Juanito

formé autour de Juanito se sépara; et cet enfant, rebelle à bon droit, vit devant lui, debout, son vieux père, qui d'un ton solennel s'écria:

– Juanito, je te l'ordonne.

Le jeune comte restant immobile, son père tomba à ses genoux. Involontairement, Clara, Manuel et Philippe l'imitèrent. Tous tendirent les mains vers celui qui devait sauver la famille de l'oubli, et semblèrent répéter ces paroles paternelles:

– Mon fils, manquerais-tu d'énergie espagnole et de vraie sensibilité? Veux-tu me laisser longtemps à genoux, et dois-tu considérer ta vie et tes souffrances? Est-ce mon fils, madame? ajouta le vieillard en se retournant vers la marquise.

– Il y consent! s'écria la mère avec désespoir en voyant Juanito faire un mouvement des sourcils dont la signification n'était connue que d'elle.

Mariquita, la seconde fille, se tenait à genoux en serrant sa mère dans ses faibles bras; et, comme elle pleurait à chaudes larmes, son petit frère Manuel vint la gronder. En ce moment l'aumônier du château entra, il fut aussitôt entouré de toute la famille, on l'amena à Juanito. Victor, ne pouvant supporter plus longtemps cette scène, fit un signe à Clara, et se hâta d'aller tenter un dernier effort auprès du général; il le trouva en belle humeur, au milieu du festin, et buvant avec ses officiers, qui commençaient à tenir de joyeux propos.

Une heure après, cent des plus notables habitants de Menda vinrent sur la terrasse pour être, suivant les ordres du général, témoins de l'exécution de la famille Léganès. Un détachement de soldats fut placé pour contenir les Espagnols, que l'on rangea sous les potences auxquelles les domestiques du marquis avaient été pendus. Les têtes de ces bourgeois touchaient presque les pieds de ces martyrs. A
62 trente pas d'eux, s'élevait un billot et brillait un
63 cimeterre. Le bourreau était là en cas de refus de la

gebildet hatte, teilte sich, und der mit Recht ungehorsame Sohn sah seinen alten Vater vor sich stehen, der mit feierlicher Stimme rief:

«Juanito, ich befehle es dir!»

Als der junge Graf sich nicht regte, warf sich der Vater ihm zu Füßen. Unwillkürlich folgten Clara, Manuel und Felipe seinem Beispiel. Alle streckten die Hände aus zu dem, der die Familie vor dem Vergessenwerden retten sollte, und schienen die Worte des Vaters mitzusprechen:

«Mein Sohn, sollte es dir an der Kraft eines Spaniers und an echtem Gefühl fehlen? Willst du mich noch lange auf den Knien lassen, und darfst du an dein Leben und dein Leid denken? – Ist das mein Sohn, Madame?» fügte der alte Herr, zur Marquesa gewendet, hinzu.

«Er willigt ein!» rief die Mutter in ihrem Jammer; sie sah, daß Juanito eine Bewegung mit den Augenbrauen machte, deren Bedeutung sie allein kannte.

Mariquita, die jüngere Tochter, kniete und hielt ihre Mutter mit ihren schwachen Armen umschlungen; da sie heiße Tränen weinte, ging ihr kleiner Bruder Manuel zu ihr und schalt sie. In diesem Augenblick trat der Schloßkaplan ein; er wurde sogleich von der ganzen Familie umringt und zu Juanito geführt. Victor, der das Schauspiel nicht länger mitansehen konnte, gab Clara einen Wink und eilte hinaus, um einen letzten Versuch beim General zu unternehmen. Er fand ihn in bester Laune beim längst begonnenen Mahl; er trank mit seinen Offizieren, die schon übermütige Reden führten.

Eine Stunde später kamen hundert der angesehensten Einwohner von Menda auf die Terrasse, um entsprechend den Befehlen des Generals der Hinrichtung der Familie Legañes als Zeugen beizuwohnen. Eine Abteilung Soldaten war angetreten, um die Spanier in Schach zu halten, die sich unter die Galgen stellen mußten, an welchen man die Diener des Marqués aufgehängt hatte, so daß die Bürger fast mit den Köpfen die Füße dieser Märtyrer berührten. Dreißig Schritte vor ihnen ragte ein Richtblock und glänzte ein gebogenes Schwert. Der Henker hielt sich bereit für den

part de Juanito. Bientôt les Espagnols entendirent, au milieu du plus profond silence, le pas de plusieurs personnes, le son mesuré de la marche d'un piquet de soldats et le léger retentissement de leurs fusils. Ces différents bruits étaient mêlés aux accents joyeux du festin des officiers comme naguère les danses d'un bal avaient déguisé les apprêts de la sanglante trahison. Tous les regards se tournèrent vers le château, et l'on vit la noble famille qui s'avançait avec une incroyable assurance. Tous les fronts étaient calmes et sereins. Un seul homme, pâle et défait, s'appuyait sur le prêtre, qui prodiguait toutes les consolations de la religion à cet homme, le seul qui dût vivre. Le bourreau comprit comme tout le monde, que Juanito avait accepté sa place pour un jour. Le vieux marquis et sa femme, Clara, Mariquita et leurs deux frères vinrent s'agenouiller à quelques pas du lieu fatal. Juanito fut conduit par le prêtre. Quand il arriva au billot, l'exécuteur, le tirant par la manche, le prit à part, et lui donna probablement quelques instructions. Le confesseur plaça les victimes de manière à ce qu'elles ne vissent pas le supplice. Mais c'était de vrais Espagnols qui se tinrent debout et sans faiblesse.

Clara s'élança la première vers son frère.

– Juanito, lui dit-elle, aie pitié de mon peu de courage! commence par moi?

En ce moment, les pas précipités d'un homme retentirent. Victor arriva sur les lieux de cette scène. Clara était agenouillée déjà, déjà son cou blanc appelait le cimeterre. L'officier pâlit, mais il trouva la force d'accourir.

– Le général t'accorde la vie si tu veux m'épouser, lui dit-il à voix basse.

L'Espagnole lança sur l'officier un regard de mépris et de fierté.

– Allons, Juanito, dit-elle d'un son de voix profond.

Fall, daß Juanito sich weigern sollte. Bald hörten die Spanier mitten in der tiefsten Stille die Schritte mehrerer Personen, den gemessenen Marschtritt eines Piketts Soldaten und das leise Klirren ihrer Gewehre. Diese verschiedenen Geräusche mischten sich unter die ausgelassenen Töne vom Festmahl der Offiziere, so wie unlängst die Tänze eines Balls die Zurüstungen für den blutigen Verrat überdeckt hatten. Alle Augen wandten sich dem Schloß zu und erblickten die edle Familie, die mit unfaßbarer Gelassenheit näherkam. Alle Stirnen waren ruhig und heiter. Nur einer stützte sich bleich und verstört auf den Priester, der diesem Menschen, dem einzigen, der am Leben bleiben sollte, alle Tröstungen der Religion spendete. Der Henker begriff wie jedermann, daß Juanito für heute sein Amt auf sich genommen hatte. Der alte Marqués und seine Gemahlin, Clara, Mariquita und ihre zwei Brüder traten heran und knieten einige Schritte vor der Todesstätte nieder. Juanito wurde vom Priester weitergeführt. Als er bei dem Richtblock angekommen war, zog ihn der Scharfrichter am Ärmel beiseite; offenbar gab er ihm einige Anweisungen. Der Beichtvater stellte die Opfer so auf, daß sie die Hinrichtung nicht sehen konnten. Aber sie waren echte Spanier, die sich ohne jedes Zeichen einer Schwäche aufrecht hielten.

Clara stürzte als erste zu ihrem Bruder.

«Juanito», sagte sie, «habe Mitleid mit meinem geringen Mut! Magst du mit mir beginnen?«

In diesem Augenblick hörte man die eiligen Schritte eines Mannes. Victor erschien auf dem Schauplatz. Clara war schon niedergekniet; ihr entblößter Hals rief nach dem Schwert. Der Offizier erbleichte, aber er brachte die Kraft auf, rasch näherzutreten.

«Der General schenkt dir das Leben, wenn du bereit bist, mich zu heiraten», sagte er leise zu ihr.

Die Spanierin warf einen Blick voller Verachtung und Stolz auf den Offizier.

«Vorwärts, Juanito», sagte sie, und ihre Stimme klang tief und voll.

Sa tête roula aux pieds de Victor. La marquise de Léganès laissa échapper un mouvement convulsif en entendant le bruit; ce fut la seule marque de sa douleur.

– Suis-je bien comme ça, mon bon Juanito? fut la demande que fit le petit Manuel à son frère.

– Ah! tu pleures, Mariquita! dit Juanito à sa sœur.

– Oh! oui, répliqua la jeune fille. Je pense à toi, mon pauvre Juanito, tu seras bien malheureux sans nous.

Bientôt la grande figure du marquis apparut. Il regarda le sang de ses enfants, se tourna vers les spectateurs muets et immobiles, étendit les mains vers Juanito, et dit d'une voix forte:

– Espagnols, je donne à mon fils ma bénédiction paternelle! Maintenant, *marquis*, frappe sans peur, tu es sans reproche.

Mais quand Juanito vit approcher sa mère, soutenue par le confesseur:

– Elle m'a nourri! s'écria-t-il.

Sa voix arracha un cri d'horreur à l'assemblée. Le bruit du festin et les rires joyeux des officiers s'apaisèrent à cette terrible clameur.

La marquise comprit que le courage de Juanito était épuisé, elle s'élança d'un bond par-dessus la balustrade, et alla se fendre la tête sur les rochers. Un cri d'admiration s'éleva. Juanito était tombé évanoui.

– Mon général, dit un officier à moitié ivre, Marchand vient de me raconter quelque chose de cette exécution, je parie que vous ne l'avez pas ordonnée...

– Oubliez-vous, messieurs, s'écria le général
G..t..r, que, dans un mois, cinq cents familles
66 françaises seront en larmes, et que nous sommes en
67 Espagne? Voulez-vous laisser nos os ici?

Ihr Haupt rollte Victor vor die Füße. Die Marquesa de Leganés konnte ein Zucken nicht unterdrücken, als sie das Geräusch hörte; das war das einzige Zeichen ihres Schmerzes.

«Knie ich gut so, lieber Juanito?» fragte der kleine Manuel seinen Bruder.

«Ach, du weinst, Mariquita!» sagte Juanito zu seiner Schwester.

«Oh, ja», erwiderte das Mädchen. «Ich denke an dich, mein armer Juanito, du wirst ohne uns recht unglücklich sein.»

Jetzt erschien die hohe Gestalt des Marqués. Er blickte auf das Blut seiner Kinder, wandte sich nach den stummen, reglosen Zuschauern um, streckte die Hände nach Juanito aus und sagte mit fester Stimme:

«Spanier, ich gebe meinem Sohn meinen väterlichen Segen! Und jetzt, *Marqués,* schlag zu ohne Furcht, du bist ohne Tadel!»

Als aber Juanito seine Mutter, die vom Beichtvater gestützt wurde, herantreten sah, schrie er:

«Sie hat mich genährt!»

Seine Stimme entriß den Versammelten einen Schrei des Entsetzens. Der Lärm des Festmahls und das übermütige Gelächter der Offiziere verstummten bei diesem furchtbaren Schrei. Die Marquesa erkannte, daß Juanitos Mut erschöpft war; mit einem Satz sprang sie über die Balustrade und zerschmetterte sich den Kopf an den Felsen. Ein Ruf der Bewunderung erscholl. Juanito war ohnmächtig zusammengebrochen.

«Herr General», sagte ein halb betrunkener Offizier, «Marchand hat mir eben einiges von der Hinrichtung da draußen erzählt. Ich möchte wetten, Sie haben so etwas nicht befohlen...»

«Vergessen Sie, meine Herren», rief General G..t..r, «daß in einem Monat fünfhundert französische Familien weinen werden und daß wir in Spanien sind? Wollen Sie, daß wir unsere Knochen hier lassen?»

Après cette allocution, il ne se trouva personne, pas même un sous-lieutenant, qui osât vider son verre.

Malgré les respects dont il est entouré, malgré le titre d'*El verdugo* (le bourreau) que le roi d'Espagne a donné comme titre de noblesse au marquis de Léganès, il est dévoré par le chagrin, il vit solitaire et se montre rarement. Accablé sous le fardeau de son admirable forfait, il semble attendre avec impatience que la naissance d'un second fils lui donne le droit de rejoindre les ombres qui l'accompagnent incessamment.

Nach diesen deutlichen Worten fand sich keiner, nicht einmal ein kleiner Leutnant, der noch sein Glas zu leeren gewagt hätte.

Trotz der Ehrfurcht, die alle dem Marqués de Legañes bezeigen, trotz des Beinamens *El Verdugo,* «der Henker», den ihm der König von Spanien als Adelstitel verliehen hat, wird er vom Kummer verzehrt, lebt ganz zurückgezogen und zeigt sich nur selten. Von der Last seiner bewundernswürdigen Freveltat bedrückt, scheint er ungeduldig darauf zu warten, daß die Geburt eines zweiten Sohnes ihm das Recht gibt, sich zu den Schatten zu versammeln, die ihn unablässig begleiten.

Nous sommes dans une vallée du Dauphiné, sous la Restauration, en l'an 1829. Napoléon est mort depuis huit ans. Pour le petit village, deux vieux soldats, – l'un Gondrin, seul survivant des fameux quarante-deux pontonniers de la Bérézina qui est devenu sourd, l'autre, Goguelat, qui a pris part à toutes les campagnes de l'Empire, – sont les témoins d'un passé glorieux, mais lointain et presque oublié. Goguelat est le «piéton» de la poste. En cette qualité, il est le diseur des nouvelles de la vallée, et l'habitude de les raconter en a fait l'orateur des veillées qui réunissent dans une grange les gens du village. Les paysans le prient donc souvent de leur «raconter l'Empereur», et le vieux soldat ne se fait pas prier...

Voyez-vous, mes amis, Napoléon est né en Corse, qu'est une île française, chauffée par le soleil d'Italie, où tout bout comme dans une fournaise, et où l'on se tue les uns les autres, de père en fils, à propos de rien: une idée qu'ils ont. Pour vous commencer l'extraordinaire de la chose, sa mère, qui était la plus belle femme de son temps et une finaude, eut la réflexion de le vouer à Dieu, pour le faire échapper à tous les dangers de son enfance et de sa vie, parce qu'elle avait rêvé que tout le monde était en feu le jour de son accouchement. C'était une prophétie! Donc elle demande que Dieu le protège, à condition que Napoléon rétablira sa sainte religion, qu'était alors par terre. Voilà qu'est convenu, et ça s'est vu.

Maintenant, suivez-moi bien, et dites-moi si ce que vous allez entendre est naturel.

Il est sûr et certain qu'un homme qui avait eu l'imagination de faire un pacte secret pouvait seul

Ein Napoleon fürs Volk

Wir befinden uns in einem Tal der Dauphiné zur Zeit der Restauration, im Jahre 1829. Napoleon ist vor acht Jahren gestorben. Für das kleine Dorf sind zwei alte Soldaten – Gondrin, der einzige, taub gewordene Überlebende der berühmten zweiundvierzig Brückenbaupioniere von der Beresina, und Goguelat, der alle Feldzüge des Kaiserreichs mitgemacht hat – die Zeugen einer ruhmreichen, aber fernen und fast vergessenen Vergangenheit. Goguelat ist «Austräger» bei der Post. In dieser Eigenschaft verbreitet er die Neuigkeiten des Tales, und die Gewohnheit, sie weiterzuerzählen, hat ihn zum Redner bei den Spinnabenden gemacht, die in einer Scheune die Leute des Dorfes zusammenführen. Die Bauern bitten ihn dann oft, er solle doch «vom Kaiser erzählen», und der alte Soldat läßt sich nicht lange bitten . . .

Also, meine Freunde, Napoleon ist auf Korsika geboren. Das ist eine französische Insel, die von der Sonne Italiens gewärmt wird, wo alles kocht wie in einem Ofen und wo sich die Leute seit Urväterzeiten gegenseitig für nichts und wieder nichts totschlagen; das finden sie nun mal richtig so. Um gleich mit dem Besonderen bei der Sache anzufangen: seine Mutter, die schönste Frau ihrer Zeit und eine gewitzte Person, hatte sich überlegt, sie wollte ihn Gott weihen, um ihn in der Kindheit und im Leben vor allen Gefahren zu schützen; denn am Tage der Niederkunft hatte sie geträumt, daß die ganze Welt in Flammen stand. Das war eine Weissagung! Sie bittet also Gott, Napoleon zu beschützen, wenn er dafür die heilige Religion wiederaufrichten würde, die damals am Boden lag. So war es abgemacht, und so ist es gekommen.

Aber nun folgt mir gut und sagt mir, ob das, was ihr jetzt hören sollt, mit rechten Dingen zugeht.

Es ist ganz klar, daß nur ein Mann, der klug genug war, einen geheimen Pakt abzuschließen, durch die feindlichen

être susceptible de passer à travers les lignes des autres, à travers les balles, les décharges de mitraille qui nous emportaient comme des mouches, et qui avaient du respect pour sa tête. J'ai eu la preuve de cela, moi particulièrement, à Eylau. Je le vois encore, monte sur une hauteur, prend sa lorgnette, regarde sa bataille et dit: «Ça va bien!» Un de mes intrigants à panaches qui l'embêtaient considérablement et le suivaient partout, même pendant qu'il mangeait, qu'on nous a dit veut faire le malin, et prend la place de l'Empereur quand il s'en va. Oh! raflé! plus de panache. Vous entendez bien que Napoléon s'était engagé à garder son secret pour lui seul. Voilà pourquoi tous ceux qui l'accompagnaient, même ses amis particuliers, tombaient comme des noix: Duroc, Bessières, Lannes, tous hommes forts comme des barres d'acier et qu'il fondait à son usage. Enfin, à preuve qu'il était l'enfant de Dieu, fait pour être le père du soldat, c'est qu'on ne l'a jamais vu ni lieutenant ni capitaine! Ah! bien oui, en chef tout de suite. Il n'avait pas l'air d'avoir plus de vingt-trois ans, qu'il était vieux général, depuis la prise de Toulon, où il a commencé par faire voir aux autres qu'ils n'entendaient rien à manœuvrer les canons.

Pour lors, nous tombe tout maigrelet général en chef à l'armée d'Italie, qui manquait de pain, de munitions, de souliers, d'habits, une pauvre armée nue comme un ver. «Mes amis, qu'il dit, nous voilà ensemble. Or, mettez-vous dans la boule que d'ici à quinze jours vous serez vainqueurs, habillés à neuf, que vous aurez tous des capotes, de bonnes guêtres, de fameux souliers; mais, mes enfants, faut marcher pour les aller prendre à Milan, où il y en a.» Et l'on a marché. Le Français, écrasé, plat comme une punaise, se redresse. Nous étions trente mille va-
72 nu-pieds contre quatre-vingt mille fendants d'Alle-
73 mands, tous beaux hommes, bien garnis, que je vois

Linien, durch die Kugeln und durch die Kartätschensalven gehen konnte, die uns wegwischten wie die Fliegen und die vor seinem Kopf Respekt hatten. Ich habe das erlebt, ich selber, bei Eylau. Ich sehe ihn noch, wie er auf eine Anhöhe steigt, sein Fernglas nimmt, sich seine Schlacht ansieht und sagt: «Die Sache klappt!» Einer von den Neunmalklugen mit dem Federbusch, die ihm gewaltig lästig fielen und immer um ihn herum waren, sogar beim Essen, wie man uns erzählt hat, will sich aufspielen und stellt sich an den Platz des Kaisers, als der weggeht. Bums – weg war er, kein Federbusch mehr zu sehen.

Ihr könnt euch schon denken, daß Napoleon sich verpflichtet hatte, sein Geheimnis für sich zu behalten. Deshalb fielen sie ja auch wie die Nüsse, alle die bei ihm waren, sogar seine besten Freunde: Duroc, Bessières, Lannes; lauter starke Männer wie Eisenbarren, die er für seinen Gebrauch umgeschmolzen hatte. Na, und daß er ein Kind Gottes war und zum Vater der Soldaten geschaffen, ist doch schon dadurch bewiesen, daß ihn niemand als Leutnant oder als Hauptmann erlebt hat! Jawohl, gleich Feldherr. Er sah noch nicht älter aus als dreiundzwanzig Jahre, da war er schon ein erfahrener General, damals bei der Eroberung von Toulon, wo er den anderen als erstes gezeigt hat, daß sie nicht verstanden, mit Kanonen umzugehen.

Und dieses schmächtige Kerlchen kriegen wir als Kommandierenden General der Italienarmee, die kein Brot, keine Munition, keine Stiefel und keine Uniformen mehr hatte, eine Bettelarmee, die nackt war wie ein Wurm. «Meine Freunde», sagt er, «da wären wir also beisammen. Nun schreibt euch hinter die Ohren, daß ihr in vierzehn Tagen die Sieger sein sollt, neu eingekleidet, und daß ihr alle Mäntel haben sollt, gute Gamaschen und großartige Stiefel. Aber, Kinder, ihr müßt nach Mailand marschieren, um sie euch zu holen, da gibt's welche.» Und wir sind marschiert. Die Franzosen, die plattgedrückt waren wie die Wanzen, stehen wieder auf. Wir waren dreißigtausend Barfüßer gegen achtzigtausend deutsche Eisenfresser, lauter starke, gut ausgerüstete Leute; ich sehe sie noch vor mir. Da bläst uns

encore. Alors Napoléon, qui n'était encore que Bonaparte, nous souffle je ne sais quoi dans le ventre. Et l'on marche la nuit, et l'on marche le jour, l'on te les tape à Montenotte, on court les rosser à Rivoli, Lodi, Arcole, Millesimo, et on ne te les lâche pas. Le soldat prend goût à être vainqueur. Alors Napoléon vous enveloppe ces généraux allemands qui ne savaient où se fourrer pour être à leur aise, les pelote très bien, leur chippe quelquefois des dix mille hommes d'un seul coup en vous les entourant de quinze cents Français qu'il faisait foisonner à sa manière. Enfin, leur prend leurs canons, vivres, argent, munitions, tout ce qu'ils avaient de bon à prendre, vous les jette à l'eau, les bat sur les montagnes, les mord dans l'air, les dévore sur terre, les fouaille partout. Voilà des troupes qui se remplument; parce que, voyez-vous, l'Empereur, qu'était aussi un homme d'esprit, se fait bien venir de l'habitant, auquel il dit qu'il est arrivé pour le délivrer. Pour lors, le péquin nous loge et nous chérit, les femmes aussi, qu'étaient des femmes très judicieuses. Fin finale, en ventôse 96, qu'était dans ce temps-là le mois de mars d'aujourd'hui, nous étions acculés dans un coin du pays des marmottes; mais après la campagne, nous voilà maîtres de l'Italie, comme Napoléon l'avait prédit. Et au mois de mars suivant, en une seule année et deux campagnes, il nous met en vue de Vienne: tout était brossé. Nous avions mangé trois armées successivement différentes, et dégommé quatre généraux autrichiens, dont un vieux qu'avait les cheveux blancs, et qui a été cuit comme un rat dans les paillassons, à Mantoue. Les rois demandaient grâce à genoux! La paix était conquise. Un homme aurait-il pu faire cela? Non. Dieu l'aidait, c'est sûr. Il se subdivisionnait comme les cinq pains de l'Evangile, commandait la bataille
74 le jour, la préparait la nuit, que les sentinelles le
75 voyaient toujours allant et venant, et ne dormait ni

Napoleon, der damals erst Bonaparte war, was weiß ich in den Bauch. Und wir marschieren bei Nacht und wir marschieren bei Tag, wir verprügeln sie bei Montenotte, wir laufen hinterher und gerben ihnen das Fell bei Rivoli, Lodi, Arcole, Millesimo und lassen sie nicht mehr los. Der Soldat findet Geschmack am Siegen. Und Napoleon umzingelt euch diese deutschen Generäle, daß sie nicht wissen, wohin sie sich verkriechen sollen, um sich zu verschnaufen; er wickelt sie völlig ein und fängt ihnen manchmal auf einen Schlag zehntausend Mann weg, indem er sie mit fünfzehnhundert Franzosen einschließt, die er nach seiner Methode mehr werden läßt. Kurz und gut, er nimmt ihnen ihre Kanonen, Lebensmittel, Geld, Munition und alles, was sie Schönes zum Wegnehmen haben, er wirft sie ins Wasser, schlägt sie auf den Bergen, beißt sie in der Luft, verschlingt sie auf der Erde und treibt sie überall vor sich her. Da mausern sich die Truppen wieder; denn, seht ihr, der Kaiser war auch ein kluger Mann: er macht sich bei den Bewohnern beliebt, weil er zu ihnen sagt, daß er gekommen ist, um sie zu befreien. Deshalb nimmt der Spießbürger uns auf und tut uns schön, die Frauen auch, und das waren sehr vernünftige Frauen. Und das Ende vom Lied? Im Ventose 96, so hieß damals der Monat März von heute, hatten sie uns in eine Ecke von diesem Land der Murmeltiere getrieben, aber nach dem Feldzug sind wir die Herren von Italien, so wie Napoleon es vorhergesagt hatte. Und im nächsten März, in einem einzigen Jahr und zwei Feldzügen, stehen wir vor Wien: alles war weggefegt. Wir hatten hintereinanderweg drei verschiedene Armeen verputzt und vier österreichische Generäle fertiggemacht; einer davon, ein alter Mann mit weißen Haaren, ist bei Mantua wie eine Ratte im Stroh verbrannt. Die Könige haben auf den Knien um Gnade gebeten! Der Frieden war gewonnen. Hätte ein Mensch das tun können? Nein. Gott hat ihm geholfen, das ist sicher. Er hat sich zerteilt wie die fünf Brote im Evangelium: am Tag befehligte er die Schlacht und bei Nacht bereitete er sie vor; die Wachen haben ja gesehen, wie er immer auf und ab ging und nicht schlief und nicht aß. Deshalb haben ihn die Soldaten, die die-

ne mangeait. Pour lors, reconnaissant ces prodiges, le soldat te l'adopte pour son père. Et en avant!

Les autres, à Paris, voyant cela, se disent: «Voilà un pélerin qui paraît prendre ses mots d'ordre dans le ciel, il est singulièrement capable de mettre la main sur la France; faut le lâcher sur l'Asie ou sur l'Amérique, il s'en contentera peut-être!» Ça était écrit pour lui comme pour Jésus-Christ. Le fait est qu'on lui donne ordre de faire faction en Égypte. Voilà sa ressemblance avec le fils de Dieu. Ce n'est pas tout. Il rassemble ses meilleurs lapins, ceux qu'il avait particulièrement endiablés, et leur dit comme ça: «Mes amis, pour le quart d'heure, on nous donne l'Égypte à chiquer. Mais nous l'avalerons en un temps et deux mouvements, comme nous avons fait de l'Italie. Les simples soldats seront des princes qui auront des terres à eux. En avant!» En avant! les enfants, disent les sergents. Et l'on arrive à Toulon, route d'Égypte. Pour lors, les Anglais avaient tous leurs vaisseaux en mer. Mais quand nous nous embarquons, Napoléon nous dit: «Ils ne nous verront pas, et il est bon que vous sachiez, dès à présent, que votre général possède une étoile dans le ciel qui nous guide et nous protège!»

Qui fut dit fut fait. En passant sur la mer, nous prenons Malte, comme une orange pour le désaltérer de sa soif de victoire, car c'était un homme qui ne pouvait pas être sans rien faire. Nous voilà en Égypte. Bon. Là, autre consigne. Les Égyptiens, voyez-vous, sont des hommes qui, depuis que le monde est monde, ont coutume d'avoir des géants pour souverains, des armées nombreuses comme des fourmis; parce que c'est un pays de génies et de crocodiles, où l'on a bâti des pyramides grosses comme nos montagnes, sous lesquelles ils ont eu l'imagination de mettre leurs rois pour les conserver frais, chose qui leur plaît généralement. Pour lors, en débarquant, le petit caporal nous dit: «Mes enfants, les pays que

se Wunder anerkannten, auch zum Vater genommen. Und vorwärts marsch!

Als die anderen in Paris das sehen, sagen sie sich: «Da ist ein komischer Vogel, der seine Befehle vom Himmel zu holen scheint. Der wäre durchaus imstande, seine Hand auf Frankreich zu legen; wir müssen ihn auf Asien oder Amerika loslassen, vielleicht gibt er sich damit zufrieden.» Das stand für ihn geschrieben wie für Jesus Christus. Und wirklich bekam er den Befehl, in Ägypten auf Posten zu ziehen. Da habt ihr seine Ähnlichkeit mit dem Sohne Gottes. Aber das ist noch nicht alles. Er versammelt seine besten Kerle, die er besonders gut auf Vordermann gebracht hatte, und sagt so nebenbei zu ihnen: «Meine Freunde, für die nächste Viertelstunde gibt man uns Ägypten zu kauen. Aber wir werden es im Handumdrehen überschlucken, so wie wir es in Italien gemacht haben. Die gemeinen Soldaten sollen Fürsten werden und eigenes Land besitzen. Vorwärts marsch!» «Vorwärts marsch, Kinder!» sagen die Unteroffiziere. Und wir kommen nach Toulon, auf dem Weg nach Ägypten. Damals hatten die Engländer alle ihre Schiffe auf See. Aber als wir an Bord gehen, sagt Napoleon zu uns: «Sie werden uns nicht sehen, und ihr sollt auch jetzt schon wissen, daß euer General einen guten Stern im Himmel hat, der uns führt und schützt!»

Gesagt, getan. Auf der Fahrt über das Meer nehmen wir Malta wie eine Apfelsine, um ihm seinen Siegesdurst zu stillen, denn das war ein Mann, der es nicht aushalten konnte, nichts zu tun zu haben. Nun sind wir also in Ägypten. Schön.

Da kam neue Order. Die Ägypter, seht ihr, das sind Leute, die, seit die Welt besteht, immer Riesen als Herrscher gehabt haben und Heere, so zahllos wie Ameisen. Denn das ist ein Land voll böser Geister und Krokodile, wo sie Pyramiden gebaut haben, die so groß sind wie unsere Berge, und darunter legen sie ihre Könige, um sie frischzuhalten, was ihnen überhaupt viel Spaß macht. Als wir an Land gehen, sagt der kleine Korporal zu uns: «Kinder, die Länder, die ihr erobern werdet, verehren einen Haufen Göt-

vous allez conquérir tiennent à un tas de dieux qu'il faut respecter, parce que le Français doit être l'ami de tout le monde, et battre les gens sans les vexer. Mettez-vous dans la coloquinte de ne toucher à rien, d'abord; parce que nous aurons tout après! Et marchez!» Voilà qui va bien. Mais tous ces gens-là, auxquels Napoléon était prédit, sous le nom de Kébir-Bonaberdis, un mot de leur patois qui veut dire: *le sultan fait feu,* en ont une peur comme du diable. Alors, le Grand-Turc, l'Asie, l'Afrique ont recours à la magie, et nous envoient un démon, nommé Mody, soupçonné d'être descendu du ciel sur un cheval blanc qui était, comme son maître, incombustible au boulet, et qui tous deux vivaient de l'air du temps. Il y en a qui l'ont vu; mais moi je n'ai pas de raisons pour vous en faire certains. C'était les puissances de l'Arabie et les Mameluks, qui voulaient faire croire à leurs troupiers que le Mody était capable de les empêcher de mourir à la bataille, sous prétexte qu'il était un ange envoyé pour combattre Napoléon et lui reprendre le sceau de Salomon, un de leurs fourniments à eux, qu'ils prétendaient avoir été volé par notre général. Vous entendez bien qu'on leur a fait faire la grimace tout de même.

Ha! çà, dites-moi d'où ils avaient su le pacte de Napoléon? Etait-ce naturel?

Il passait pour certain dans leur esprit qu'il commandait aux génies et se transportait en un clin-d'œil d'un lieu à un autre, comme un oiseau. Le fait est qu'il était partout. Enfin, qu'il venait leur enlever une reine, belle comme le jour, pour laquelle il avait offert tous ses trésors et des diamants gros comme des œufs de pigeons, marché que le Mameluk, de qui elle était la particulière, quoiqu'il en eût d'autres, avait refusé positivement. Dans ces termes-là, les affaires ne pouvaient donc s'arranger qu'avec beaucoup de combats. Et c'est ce dont on ne s'est pas fait faute, car il y a eu des coups pour tout

ter, die ihr zu respektieren habt; denn die Franzosen müssen die Freunde aller Menschen sein und die Leute schlagen, ohne sie zu verärgern. Rammt es euch also in eure Kürbisse, daß ihr erst einmal nichts anrühren dürft, weil wir hinterher alles haben werden! Und nun marsch!» Schön und gut. Aber diese ganzen Völker, denen Napoleon unter dem Namen Kebir Bonaberdis prophezeit worden war – das ist ein Wort aus ihrer Sprache und bedeutet *Der Sultan gibt Feuer* – kriegen Angst vor ihm wie vor dem Teufel. Da greifen der Großtürke, Asien und Afrika zur Zauberei und schicken uns einen Dämon, einen gewissen Mody, von dem sie glauben, daß er vom Himmel gekommen ist auf einem weißen Pferd, dem ebenso wie ihm selbst keine Kugel etwas anhaben kann, und daß sie beide von Luft leben. Einige haben ihn selbst gesehen, aber ich habe keinen Grund, es euch als wahr zu erzählen. Die arabischen Mächte und die Mamelucken wollten ihren Landsern einreden, daß der Mody sie vor dem Tod in der Schlacht bewahren könnte, und deshalb mußten sie ihn als Engel hinstellen, der gesandt war, um gegen Napoleon zu kämpfen und ihm das Siegel Salomonis wieder wegzunehmen, das zu ihrer Ausrüstung gehörte und von dem sie behaupteten, unser General hätte es ihnen gestohlen. Aber ihr könnt euch denken, daß wir ihnen trotzdem eins auf die Fresse gegeben haben.

Ha! Sagt mal, woher haben sie von Napoleons Pakt gewußt? Ging das mit rechten Dingen zu?

Für sie stand es fest, daß er Geister beschwören konnte und sich in einem Augenblick von einem Ort zum anderen bewegte wie ein Vogel. Tatsache ist, daß er überall zugleich war. Und schließlich hat er ihnen eine Königin geraubt, die war so schön wie der Tag.

Alle seine Schätze hatte er für sie geboten und Diamanten, die so groß waren wie Taubeneier, aber der Mameluck, dessen Liebchen sie war, hatte den Handel schlankweg abgelehnt, obwohl er noch andere besaß. Unter diesen Umständen konnte das Geschäft natürlich nur mit allerhand Schlägereien abgewickelt werden. Daran haben wir es denn auch nicht fehlen lassen, und es setzte Prügel für alle

le monde. Alors, nous nous sommes mis en ligne à Alexandrie, à Giseh et devant les Pyramides. Il a fallu marcher sous le soleil, dans le sable, où les gens sujets d'avoir la berlue voyaient des eaux desquelles on ne pouvait pas boire, et de l'ombre que ça faisait suer. Mais nous mangeons le Mameluk à l'ordinaire, et tout plie à la voix de Napoléon, qui s'empare de la haute et basse Égypte, l'Arabie, enfin, jusqu'aux capitales des royaumes qui n'étaient plus, et où il y avait des milliers de statues, les cinq cents diables de la Nature, puis, chose particulière, une infinité de lézards, un tonnerre de pays où chacun pouvait prendre ses arpents de terre, pour peu que ça lui fût agréable.

Pendant qu'il s'occupe de ses affaires dans l'intérieur, où il avait idée de faire des choses superbes, les Anglais lui brûlent sa flotte à la bataille d'Aboukir, car ils ne savaient quoi s'inventer pour nous contrarier. Mais Napoléon, qui avait l'estime de l'Orient et de l'Occident, que le pape l'appelait son fils, et le cousin de Mahomet son cher père, veut se venger de l'Angleterre, et lui prendre les Indes, pour se remplacer de sa flotte. Il allait nous conduire en Asie, par la mer Rouge, dans des pays où il n'y a que des diamants, de l'or, pour faire la paie aux soldats, et des palais pour étapes, lorsque le Mody s'arrange avec la peste, et nous l'envoie pour interrompre nos victoires.

Halte! Alors tout le monde défile à c'te parade, d'où l'on ne revient pas sur ses pieds. Le soldat mourant ne peut pas te prendre Saint-Jean-d'Acre, où l'on est entré trois fois avec un entêtement généreux et martial. Mais la peste était la plus forte; il n'y avait pas à dire: Mon bel ami! Tout le monde se trouvait très malade. Napoléon seul était frais comme une rose, et toute l'armée l'a vu buvant la peste sans que ça lui fît rien du tout.

Beteiligten. Damals sind wir bei Alexandria, bei Gizeh und vor den Pyramiden angetreten. Wir mußten in der Sonne durch den Sand marschieren, wo diejenigen von uns, die sowieso leicht mal kariert guckten, Wasser sahen, von dem man nicht trinken konnte, und Schatten, in dem man nur so schwitzte. Aber wir fressen den Mameluck wie gehabt, und alles beugt sich vor der Stimme Napoleons, der Ober- und Unterägypten und Arabien erobert, ja sogar die Hauptstädte von Königreichen, die gar nicht mehr existierten und in denen es Tausende von Standbildern gab und die fünfhundert Teufel der Natur und dann noch etwas Besonderes: unzählig viele Eidechsen. Ein ganz dolles Land war das, in dem sich jeder seine Morgen Land nehmen konnte, soviel er Lust hatte.

Während er sich so um seine Angelegenheiten im Inneren kümmert, wo er ganz großartige Dinge machen will, verbrennen ihm die Engländer in der Schlacht von Abukir seine Flotte, denn sie wußten gar nicht, was sie sich alles ausdenken sollten, um uns zu ärgern. Aber Napoleon, der in Morgenland und Abendland so geachtet war, daß ihn der Papst seinen Sohn nannte und der Vetter Mohammeds seinen lieben Vater, will sich nun an England rächen und ihm Indien wegnehmen, um sich für seine Flotte zu entschädigen. Er wollte uns gerade über das Rote Meer nach Asien führen, in Länder, wo alles voll ist von Diamanten und Gold, um den Landsern ihren Sold zu zahlen, und wo lauter Paläste als Quartier auf uns warteten, da verbündet sich der Mody mit der Pest und schickt sie uns auf den Hals, um unseren Siegeszug zu unterbrechen. Das Ganze halt! Jetzt müssen alle bei dieser Parade vorbeimarschieren, von der man nicht auf seinen Füßen zurückkommt. Die todkranken Soldaten können nicht einmal Accon erobern, in das wir dreimal mit großartiger Sturheit und Tapferkeit eingedrungen sind. Denn die Pest war stärker als wir. Da gab es kein «Nun sei mal nicht so, lieber Freund». Wir waren alle furchtbar krank. Nur Napoleon war frisch wie eine Rose, und die ganze Armee hat gesehen, wie er Pestwasser trank, ohne daß ihm das irgend etwas ausgemacht hat.

Ha! çà, mes amis, croyez-vous que c'était naturel?

Les Mameluks, sachant que nous étions tous dans les ambulances, veulent nous barrer le chemin; mais, avec Napoléon, c'te farce-là ne pouvait pas prendre. Donc, il dit à ses damnés, à ceux qui avaient le cuir plus dur que les autres: «Allez me nettoyer la route.» Junot qu'était un sabreur au premier numéro, et son ami véritable, ne prend que mille hommes, et vous a décousu tout de même l'armée d'un pacha qui avait la prétention de se mettre en travers. Pour lors, nous revenons au Caire, notre quartier-général. Autre histoire. Napoléon absent, la France s'était laissé détruire le tempérament par les gens de Paris qui gardaient la solde des troupes, leur masse de linge, leurs habits, les laissaient crever de faim, et voulaient qu'elles fissent la loi à l'univers, sans s'en inquiéter autrement. C'était des imbéciles qui s'amusaient à bavarder au lieu de mettre la main à la pâte. Et donc, nos armées étaient battues, les frontières de la France entamées: *l'homme* n'était plus là. Voyez-vous, je dis *l'homme,* parce qu'on l'a nommé comme ça, mais c'était une bêtise, puisqu'il avait une étoile et toutes ses particularités: c'était nous autres qui étions les hommes! Il apprend l'histoire de France après sa fameuse bataille d'Aboukir, où, sans perdre plus de trois cents hommes, et, avec une seule division, il a vaincu la grande armée des Turcs forte de vingt-cinq mille hommes, et il en a bousculé dans la mer plus d'une grande moitié, rrah! Ce fut son dernier coup de tonnerre en Égypte. Il se dit, voyant tout perdu là-bas: «Je suis le sauveur de la France, je le sais, faut que j'y aille.» Mais comprenez bien que l'armée n'a pas su son départ, sans quoi on l'aurait gardé de force, pour le faire empereur d'Orient. Aussi nous voilà tous tristes, quand nous sommes sans lui, parce qu'il était notre joie.

Ha, meine Freunde, glaubt ihr, daß das mit rechten Dingen zuging?

Als die Mamelucken erfahren, daß wir alle im Lazarett liegen, wollen sie uns den Weg versperren; aber mit Napoleon konnte man solche Scherze nicht machen. Er sagt einfach zu seinen Satansbraten, zu denen, die ein zäheres Fell hatten als die anderen: «Schlagt mir mal den Weg frei.» Junot, der ein Haudegen ersten Ranges war und sein wahrer Freund dazu, nimmt ganze tausend Mann und hat euch trotzdem die Armee eines Paschas zusammengeschlagen, der geglaubt hatte, er könnte sich uns in den Weg stellen. Wir kommen also zurück nach Kairo zum Hauptquartier. Da gibt's wieder was Neues. Während Napoleon weg war, hatte sich Frankreich den Charakter verderben lassen von den Leuten in Paris, die den Truppen ihren Sold, ihr Kleidergeld und ihre Uniformen nicht herausgeben wollten und sie vor Hunger krepieren ließen, die sich überhaupt nicht um die Soldaten kümmerten und doch verlangten, sie sollten die Welt beherrschen. Dummköpfe waren das, die lieber das Maul aufrissen als mit anzufassen. Und so wurden unsere Armeen geschlagen und Frankreichs Grenzen angetastet: *der Mann* war eben nicht mehr da. Ihr seht, ich sage auch *der Mann*, weil ihn alle so nannten, aber das war dummes Zeug, denn er hatte doch seinen Stern und alles, was dazugehört: wir dagegen, wir waren die Männer, die gewöhnlichen Menschen! Er erfährt von den Geschichten in Frankreich nach der berühmten Schlacht bei Abukir, wo er, ohne mehr als dreihundert Mann zu verlieren, mit einer einzigen Division die große Armee der Türken, die fünfundzwanzigtausend Mann stark war, besiegt und reichlich die Hälfte davon ins Meer geworfen hat, ruckzuck! Das war sein letztes Donnerwetter in Ägypten. Als er sieht, daß drüben alles verloren ist, sagt er sich: «Ich bin der Retter Frankreichs, ich weiß es, ich muß hin.» Aber ihr könnt euch vorstellen, daß die Armee nichts von seiner Abreise gewußt hat; denn sonst hätten wir ihn mit Gewalt zurückgehalten, um ihn zum König des Morgenlandes zu machen. Deshalb sind wir auch alle traurig, als wir ohne ihn dableiben, denn er war unsere

Lui, laisse son commandement à Kléber, un grand mâtin qu'a descendu la garde, assassiné par un Égyptien qu'on a fait mourir en lui mettant une baïonnette dans le derrière, qui est la manière de guillotiner dans ce pays-là; mais ça fait tant souffrir, qu'un soldat a eu pitié de ce criminel, il lui a tendu sa gourde; et aussitôt que l'Égyptien a eu bu de l'eau, il a tortillé de l'œil avec un plaisir infini.

Mais nous ne nous amusons pas à cette bagatelle. Napoléon met le pied sur une coquille de noix, un petit navire de rien du tout qui s'appelait *la Fortune*, et, en un clin d'œil, à la barbe de l'Angleterre qui le bloquait avec des vaisseaux de ligne, frégates et tout ce qui faisait voile, il débarque en France, car il a toujours eu le don de passer les mers en une enjambée. Était-ce naturel? Bah! aussitôt qu'il est à Fréjus, autant dire qu'il a les pieds dans Paris. Là, tout le monde l'adore; mais lui convoque le Gouvernement. «Qu'avez-vous fait de mes enfants les soldats? qu'il dit aux avocats; vous êtes un tas de galapiats qui vous fichez du monde, et faites vos choux gras de la France. Ça n'est pas juste, et je parle pour tout le monde qu'est pas content!» Pour lors, ils veulent babiller et le tuer; mais minute! Il les enferme dans leur caserne à paroles, les fait sauter par les fenêtres, et vous les enrégimente à sa suite, où ils deviennent muets comme des poissons, souples comme des blagues à tabac. De ce coup, passe consul; et, comme ce n'était pas lui qui pouvait douter de l'Être-Suprême, il remplit alors sa promesse envers le bon Dieu, qui lui tenait sérieusement parole; lui rend ses églises, rétablit sa religion; les cloches sonnent pour Dieu et pour lui. Voilà tout le monde content: primo, les prêtres qu'il empêche d'être tracassés; segondo, le bourgeois qui fait son commerce, sans avoir à
84 craindre le rapiamus de la loi qu'était devenue in-
85 juste; tertio, les nobles qu'il défend d'être fait mou-

ganze Freude. Er übergibt den Oberbefehl an Kléber, einen Mordskerl, den die Garde begraben hat, als ihn ein Ägypter ermordet hatte. Der wurde hingerichtet, indem man ihm ein Bajonett in den Hintern stieß: so werden in dem Land die Leute guillotiniert. Aber es ist eine solche Qual, daß ein Soldat aus Mitleid diesem Verbrecher seine Feldflasche hingehalten hat, und kaum hatte der Ägypter Wasser getrunken, da hat er mit größtem Behagen die Augen verdreht.

Aber wir wollen uns nicht bei dieser Kleinigkeit aufhalten. Napoleon betritt eine Nußschale, ein lächerliches kleines Schiffchen, «Fortuna» hieß es, und im Nu landet er in Frankreich, den Engländern vor der Nase weg, die ihm den Weg versperrten mit Linienschiffen, Fregatten und allem, was segeln konnte; denn er hat schon immer die Gabe gehabt, mit einem großen Schritt über die Meere zu setzen. Ging das mit rechten Dingen zu? So seht ihr aus! Und kaum landet er in Fréjus, ist er sozusagen schon in Paris. Da liegen sie ihm alle zu Füßen, er aber ruft die Regierung zusammen. «Was habt ihr aus meinen Kindern, den Soldaten, gemacht?» sagt er zu den Rechtsverdrehern. «Ihr seid ein Haufen alter Gauner, ihr führt die Leute an der Nase herum und macht euch den Kohl fett mit dem Geld Frankreichs. Das ist nicht gerecht, und ich sage das im Namen aller, denn sie sind alle unzufrieden!» Da wollen sie nun lange herumreden und ihn umbringen, aber einen Moment mal! Er sperrt sie in ihrer Schwatzbude ein, läßt sie aus den Fenstern springen und reiht sie in sein Gefolge ein, wo sie stumm werden wie Fische und schmiegsam wie Tabaksbeutel. Mit diesem Streich wird er Konsul, und weil *er* wahrhaftig nicht am höchsten Wesen zweifeln konnte, erfüllt er jetzt sein Versprechen gegenüber dem lieben Gott, der ihm so treulich Wort gehalten hat. Er gibt ihm seine Kirchen zurück und führt seine Religion wieder ein, und die Glocken läuten für Gott und für ihn. Nun sind alle zufrieden: erstens die Priester, weil er dafür sorgt, daß sie nicht mehr gepiesackt werden; zweitens die Bürger, die wieder ihren Handel treiben, ohne die Raubgier des Gesetzes fürchten zu müssen, das ungerecht geworden war; drittens die Adligen, denn er ver-

rir, comme on en avait malheureusement contracté l'habitude.

Mais il y avait des ennemis à balayer, et il ne s'endort pas sur la gamelle, parce que, voyez-vous, son œil vous traversait le monde entier comme une simple tête d'homme. Pour lors, paraît en Italie, comme s'il passait la tête par la fenêtre, et son regard suffit. Les Autrichiens sont avalés à Marengo comme des goujons par une baleine! Haouf! Ici, la victoire française a chanté sa gamme assez haut pour que le monde l'entende, et ça a suffi. «Nous n'en jouons plus», que disent les Allemands. «Assez comme ça!» disent les autres. Total: l'Europe fait le cane, l'Angeleterre met les pouces. Paix générale où les rois et les peuples font mine de s'embrasser. C'est là que l'Empereur a inventé la Légion d'honneur, une bien belle chose, allez! «En France, qu'il a dit à Boulogne, devant l'armée entière, tout le monde a du courage! Donc la partie civile qui fera des actions d'éclat sera sœur du soldat, le soldat sera son frère, et ils seront unis sous le drapeau de l'honneur.» Nous autres, qui étions là-bas, nous revenons d'Égypte. Tout était changé! Nous l'avions laissé général, en un rien de temps nous le retrouvons empereur. Ma foi, la France s'était donnée à lui, comme une belle fille à un lancier. Or, quand ça fut fait, à la satisfaction générale, on peut le dire, il y eut une sainte cérémonie comme il ne s'en était jamais vu sous la calotte des cieux. Le pape et les cardinaux, dans leurs habits d'or et rouges, passent les Alpes exprès pour le sacrer devant l'armée et le peuple, qui battent des mains. Il y a une chose que je serais injuste de ne pas vous dire. En Égypte, dans le désert, près de la Syrie, *l'Homme Rouge* lui apparut dans la montagne de Moïse, pour lui dire: «Ça va bien.» Puis, à Marengo, le
86 soir de la victoire, pour la seconde fois, s'est dressé
87 devant lui sur ses pieds l'Homme rouge, qui lui dit:

bietet, sie umzubringen, wie das unglücklicherweise eingerissen war.

Aber es waren wieder Feinde auszukehren, und er legt sich nicht auf seinem Kochgeschirr schlafen; denn ihr müßt wissen, daß die ganze Weltkugel vor seinem Auge lag, als wäre sie nicht größer als ein Menschenschädel. Da taucht er nun in Italien auf, so als stecke er nur einmal den Kopf aus dem Fenster, und sein Blick genügt schon. Die Österreicher werden bei Marengo übergeschluckt wie Gründlinge von einem Walfisch. Schnapp! Hier hat der französische Sieg seine Tonleiter so laut gesungen, daß die Welt es gehört hat, und das hat genügt. «Wir spielen nicht mehr mit», sagen die Deutschen. «Uns reicht es!» sagen die anderen. Erfolg: Europa macht sich klein und England gibt nach. Ein Generalfrieden, bei dem die Könige und die Völker so tun, als wollten sie sich umarmen. Damals hat sich der Kaiser die Ehrenlegion ausgedacht, das war noch eine wirklich schöne Sache: «In Frankreich», hat er bei Boulogne vor der ganzen Armee gesagt, «haben alle Mut. Also soll die Zivilbevölkerung, wenn sie hervorragende Leistungen vollbringt, die Schwester des Soldaten sein, und der Soldat soll ihr Bruder sein, und sie sollen zusammenstehen unter der Fahne der Ehre». Wir, die wir da unten gewesen waren, kommen aus Ägypten zurück. Alles war anders geworden: Wir hatten ihn zuletzt als General gesehen, und im Nu finden wir ihn als Kaiser wieder. Alle Wetter, Frankreich hatte sich ihm hingegeben wie ein schönes Mädchen einem Reitersmann. Als das nun erledigt war, man kann wohl sagen zur allgemeinen Zufriedenheit, da gab es eine heilige Zeremonie, wie sie noch nie dagewesen ist unter der Himmelskuppel. Der Papst und die Kardinäle kommen in ihren Gewändern aus Gold und Purpur extra über die Alpen, um ihn vor der Armee und dem Volk zu salben, die Beifall klatschen. Aber da ist noch etwas, das ich euch sagen muß, um nicht ungerecht zu sein. In Ägypten ist ihm in der Nähe von Syrien in der Wüste der *rote Mann* auf dem Berg Mose erschienen und hat zu ihm gesagt: «Alles geht gut.» Dann, am Abend des Sieges bei Marengo, ist der rote Mann noch einmal vor

«Tu verras le monde à tes genoux, et tu seras empereur des Français, roi d'Italie, maître de la Hollande, souverain de l'Espagne, du Portugal, provinces Illyriennes, protecteur de l'Allemagne, sauveur de la Pologne, premier aigle de la Légion d'honneur, et tout.» Cet Homme Rouge, voyez-vous, c'était son idée, à lui; une manière de piéton qui lui servait, à ce que disent plusieurs, pour communiquer avec son étoile. Moi, je n'ai jamais cru cela; mais l'Homme Rouge est un fait véritable, et Napoléon en a parlé lui-même, et a dit qu'il lui venait dans les moments durs à passer, et restait au palais des Tuileries, dans les combles. Donc, au couronnement, Napoléon l'a vu le soir pour la troisième fois, et ils furent en délibération sur bien des choses.

Lors, l'Empereur va droit à Milan se faire couronner roi d'Italie. Là commence véritablement le triomphe du soldat. Pour lors, tout ce qui savait écrire passe officier. Voilà les pensions, les dotations de duchés qui pleuvent; des trésors pour l'état-major qui ne coûtaient rien à la France; et la Légion d'honneur fournie de rentes pour les simples soldats sur lesquelles je touche encore ma pension. Enfin, voilà des armées tenues comme il ne s'en était jamais vu. Mais l'Empereur, qui savait qu'il devait être l'empereur de tout le monde, pense aux bourgeois, et leur fait bâtir, suivant leurs idées, des monuments de fées, là où il n'y avait pas plus que sur ma main; une supposition, vous reveniez d'Espagne, pour passer à Berlin; hé! bien, vous retrouviez des arches de triomphe avec de simples soldats mis dessus en belle sculpture, ni plus ni moins que des généraux. Napoléon, en deux ou trois ans, sans mettre d'impôts sur vous autres, remplit ses caves d'or, fait des ponts, des palais, des routes, des savants, des fêtes, des lois, des vaisseaux, des ports; et dépense des millions de millions, et tant, et tant, qu'on m'a dit qu'il en aurait

seinen Füßen aufgestanden und hat zu ihm gesagt: «Du sollst die Welt vor dir auf den Knien sehen, und du sollst Kaiser der Franzosen, König von Italien, Herr über Holland, Souverän von Spanien, Portugal und den Illyrischen Provinzen, Beschützer Deutschlands, Retter Polens, der erste Adler der Ehrenlegion und überhaupt alles werden.» Dieser rote Mann, wißt ihr, das war so eine Idee von ihm; manche sagen, er war eine Art Meldegänger, durch den er mit seinem Stern in Verbindung stand. Das habe ich nie geglaubt, aber den roten Mann hat es wirklich gegeben, und Napoleon hat selbst von ihm gesprochen und hat gesagt, daß er zu ihm käme, wenn es hart auf hart ginge und daß er im Tuilerien-Palast auf dem Dachboden hauste. Am Abend nach der Krönung hat Napoleon ihn dann zum dritten Mal gesehen, und sie haben allerhand Dinge miteinander beraten.

Nun geht der Kaiser stracks nach Mailand und läßt sich zum König von Italien krönen. Da fängt die große Zeit der Soldaten erst richtig an. Jetzt wird jeder, der schreiben kann, Offizier. Es regnet nur so Pensionen und Verleihungen von Herzogtümern; der Generalstab kriegt ganze Schatzkammern voll, die Frankreich gar nichts kosten, und die Ehrenlegion wird mit Renten für die einfachen Soldaten ausgestattet, von denen ich heute noch meine Pension beziehe. Kurz und gut, so wohlversorgte Armeen hatte die Welt noch nicht gesehen. Aber der Kaiser, der wußte, daß er für Alle Kaiser war, denkt auch an die Bürger und läßt ihnen da, wo vorher nicht mehr stand als auf meiner Hand hier, nach ihrem Geschmack wahre Prachtwerke bauen. Nehmen wir mal an, ihr seid aus Spanien zurückgekommen und weiter nach Berlin gezogen; oho, da habt ihr unterwegs Triumphbögen gefunden mit schönen Standbildern von einfachen Soldaten drauf, als wären sie nicht mehr und nicht weniger als Generäle. Napoleon hat in zwei oder drei Jahren, und ohne euch Steuern aufzuerlegen, seine Keller mit Gold gefüllt, Brücken, Paläste und Straßen angelegt, Gelehrte ernannt, Feste gefeiert, Gesetze gemacht und Schiffe und Häfen gebaut. Millionen und Abermillionen hat er ausgegeben; mir hat man gesagt, es war so viel, daß er davon

pu paver la France de pièces de cent sous, si ça avait été sa fantaisie. Alors, quand il se trouve à son aise sur son trône, et si bien le maître de tout, que l'Europe attendait sa permission pour faire ses besoins: comme il avait quatre frères et trois sœurs, il nous dit en manière de conversation, à l'ordre du jour: «Mes enfants, est-il juste que les parents de votre Empereur tendent la main? Non. Je veux qu'ils soient flambants, tout comme moi! Pour lors, il est de toute nécessité de conquérir un royaume pour chacun d'eux, afin que le Français soit le maître de tout; que les soldats de la Garde fassent trembler le monde, et que la France crache où elle veut, et qu'on lui dise, comme sur ma monnaie, *Dieu vous protège!*»

«Convenu! répond l'armée, on t'ira pêcher des royaumes à la baïonnette.» Ha! c'est qu'il n'y avait pas à reculer, voyez-vous! et s'il avait eu dans sa boule de conquérir la lune, il aurait fallu s'arranger pour ça, faire ses sacs, et grimper; heureusement qu'il n'en a pas eu la volonté.

Les rois, qu'étaient habitués aux douceurs de leurs trônes, se font naturellement tirer l'oreille; et alors, en avant, nous autres. Nous marchons, nous allons, et le tremblement recommence avec une solidité générale. En a-t-il fait user, dans ce temps-là, des hommes et des souliers! Alors on se battait à coup de nous si cruellement, que d'autres que les Français s'en seraient fatigués. Mais vous n'ignorez pas que le Français est né philosophe, et, un peu plus tôt, un peu plus tard, sait qu'il faut mourir. Aussi nous mourions tous sans rien dire, parce qu'on avait le plaisir de voir l'Empereur faire ça sur les géographies. (Là, le fantassin décrivit lestement un rond avec son pied sur l'aire de la grange.) Et il disait: «Ça, ce sera un royaume!» et c'était un royaume. Quel bon temps! Les colonels passaient généraux, le temps de les voir; les généraux ma-

ganz Frankreich mit Fünffrankenstücken hätte pflastern können, wenn es ihm Spaß gemacht hätte. Wie er nun bequem auf seinem Thron sitzt und so richtig Herr über alles ist, daß Europa seine Erlaubnis abwartet, bevor es auch nur aufs Töpfchen geht, da sagt er, weil er doch vier Brüder und drei Schwestern hatte, so gesprächsweise beim Tagesbefehl zu uns: «Kinder, ist es gerecht, daß die Verwandten eures Kaisers betteln gehen? Nein. Ich will, daß sie glänzend dastehen, so wie ich. Deshalb ist es unbedingt notwendig, daß ich für jeden von ihnen ein Königreich erobere, damit die Franzosen Herr über alles werden, damit die Soldaten der Garde die Welt erzittern lassen, damit Frankreich hinspucken kann, wo es will, und damit man zu ihm sagt, wie es auf meinen Münzen steht, *Gott schütze dich!*»

«Abgemacht», antwortet die Armee, «wir werden dir die Königreiche mit dem Bajonett angeln.» Ha, da gab es nämlich kein Zurück, wißt ihr, und wenn er es sich in den Kopf gesetzt hätte, den Mond zu erobern, hätten wir uns auch damit abfinden müssen, hätten den Tornister gepackt und wären 'raufgeklettert. Ein Glück, daß er das nicht gewollt hat.

Die Könige, die an ihren gemütlichen Thron gewöhnt waren, mußten natürlich erst mal am Ohr gezupft werden, und dann waren wir dran, vorwärts marsch. Wir rücken aus, wir marschieren, und nun geht die ganze Sache in alter Frische wieder los. Was hat er damals für Leute und Stiefel verbraucht! Wir haben uns so grausam herumgeschlagen, daß jeder andere als der Franzose bald genug davon gehabt hätte. Aber ihr wißt ja, daß der Franzose der geborene Philosoph ist und weiß, daß er früher oder später doch sterben muß.

Also sind wir alle gestorben, ohne zu murren, denn wir hatten doch die Freude zu sehen, wie der Kaiser mit der Geographie *so* umging (hier beschrieb der alte Infanterist behende einen Kreis mit dem Fuß auf dem Scheunenboden) und dabei sagte: «Das hier soll ein Königreich sein», und es wurde ein Königreich. Das waren gute Zeiten! Die Obersten wurden Generäle, ehe man sich's versah, die Generäle wurden Mar-

réchaux, les maréchaux rois. Et il y en a encore un, qui est debout pour le dire à l'Europe, quoique ce soit un Gascon, traître à la France pour garder sa couronne, qui n'a pas rougi de honte, parce que, voyez-vous, les couronnes sont en or! Enfin, les sapeurs qui savaient lire devenaient nobles tout de même. Moi qui vous parle, j'ai vu à Paris onze rois et un peuple de princes qui entouraient Napoléon, comme les rayons du soleil! Vous entendez bien que chaque soldat, ayant la chance de chausser un trône, pourvu qu'il en eût le mérite, un caporal de la Garde était comme une curiosité qu'on l'admirait passer, parce que chacun avait son contingent dans la victoire, parfaitement connu dans le bulletin. Et y en avait-il de ces batailles! Austerlitz, où l'armée a manœuvré comme à la parade; Eylau, où l'on a noyé les Russes dans un lac, comme si Napoléon avait soufflé dessus; Wagram, où l'on s'est battu trois jours sans bouder. Enfin, y en avait autant que de saints au calendrier. Aussi alors fut-il prouvé que Napoléon possédait dans son fourreau la véritable épée de Dieu. Alors le soldat avait son estime, et il en faisait son enfant, s'inquiétait si vous aviez des souliers, du linge, des capotes, du pain, des cartouches; quoiqu'il tînt sa majesté, puisque c'était son métier à lui de régner. Mais c'est égal! un sergent et même un soldat pouvait lui dire: «Mon Empereur», comme vous me dites à moi quelquefois: «Mon bon ami.» Et il répondait aux raisons qu'on lui faisait, couchait dans la neige comme nous autres; enfin, il avait presque l'air d'un homme naturel. Moi qui vous parle, je l'ai vu, les pieds dans la mitraille, pas plus gêné que vous êtes là, et mobile, regardant avec sa lorgnette, toujours à son affaire; alors nous restions là, tranquilles comme Baptiste. Je ne sais pas comment il s'y prenait, mais
92 quand il nous parlait, sa parole nous envoyait
93 comme du feu dans l'estomac; et pour lui montrer

schälle und die Marschälle Könige. Und als Beweis für ganz Europa ist einer von ihnen heute noch auf dem Thron, auch wenn es ein Gascogner ist, der Frankreich verraten hat, um seine Krone zu behalten, und der nicht einmal rot geworden ist vor Scham, weil ja, wie ihr wißt, die Kronen nun einmal aus Gold sind. Und sogar die einfachen Pioniere wurden adlig, wenn sie nur lesen konnten. Ich, so wie ich hier stehe, habe in Paris elf Könige gesehen und ein ganzes Volk von Fürsten, die um Napoleon herumstanden wie die Sonnenstrahlen. Ihr werdet wohl begreifen, daß damals, wo jeder Soldat Aussicht hatte, sich einen Thron unter den Nagel zu reißen, wenn er die nötigen Verdienste hatte, ein Gefreiter von der Garde eine Art Sehenswürdigkeit war, nach der man sich umdrehte, denn jeder hatte ja seinen Anteil am Siege, genau bekanntgegeben im Heeresbericht. Und was hat es für Schlachten gegeben! Austerlitz, wo die Armee wie bei der Parade exerziert hat; Eylau, wo wir die Russen in einem See ersäuft haben, als ob Napoleon sie weggepustet hätte, und Wagram, wo wir uns drei Tage lang geschlagen haben ohne zu knurren. Kurz und gut, es gab so viele Schlachten wie Heilige im Kalender. Damals hat es sich auch herausgestellt, daß Napoleon das wahre Schwert Gottes in der Scheide trug. Und der Soldat wurde von ihm hoch geschätzt; er behandelte ihn wie sein eigenes Kind und achtete darauf, ob wir Stiefel, Wäsche, Mäntel, Brot und Patronen hatten. Dabei bewahrte er aber doch seine Würde, weil es ja sein Beruf war, zu regieren. Und trotzdem: ein Unteroffizier und sogar ein einfacher Soldat konnte ihn mit «Mein Kaiser» anreden, so wie ihr mich manchmal mit «Mein guter Freund» anredet. Und er antwortete auf das, was man ihm vortrug, er schlief im Schnee wie wir auch, kurz, er war fast wie ein gewöhnlicher Mensch. Ich, so wie ich hier stehe, ich habe ihn gesehen, wie er mitten im Kartätschenfeuer, nicht unruhiger als ihr hier, lustig durch sein Fernglas guckte und ganz bei der Sache war. Da blieben wir natürlich auch da, stur wie Otto. Ich weiß nicht, wie er das machte, aber wenn er zu uns sprach, dann wurde uns bei seinen Worten ganz heiß im Magen, und weil wir ihm zeigen wollten, daß wir

qu'on était ses enfants, incapables de bouquer, on allait pas ordinaire devant des polissons de canons qui gueulaient et vomissaient des régiments de boulets, sans dire gare. Enfin, les mourants avaient la chose de se relever pour le saluer et lui crier: «Vive l'Empereur!»

Etait-ce naturel? auriez-vous fait cela pour un simple homme?

Pour lors, tout son monde établi, l'impératrice Joséphine, qu'était une bonne femme tout de même, ayant la chose tournée à ne pas lui donner d'enfants, il fut obligé de la quitter quoiqu'il l'aimât considérablement. Mais il lui fallait des petits, rapport au gouvernement. Apprenant cette difficulté, tous les souverains de l'Europe se sont battus à qui lui donnerait une femme. Et il a épousé, qu'on nous a dit, une Autrichienne, qu'était la fille des Césars, un homme ancien dont on parle partout, et pas seulement dans nos pays, où vous entendez dire qu'il a tout fait, mais en Europe. Et c'est si vrai que, moi qui vous parle en ce moment, je suis allé sur le Danube où j'ai vu les morceaux d'un pont bâti par cet homme, qui paraît qu'a été, à Rome, parent de Napoléon d'où s'est autorisé l'Empereur d'en prendre l'héritage pour son fils. Donc, après son mariage, qui fut une fête pour le monde entier, et où il a fait grâce au peuple de dix ans d'impositions, qu'on a payés tout de même, parce que les gabelous n'en ont pas tenu compte, sa femme a eu un petit qu'était roi de Rome; une chose qui ne s'était pas encore vue sur terre, car jamais un enfant n'était né roi, son père vivant. Ce jour-là, un ballon est parti de Paris pour le dire à Rome, et ce ballon a fait le chemin en un jour. Ha! çà, y a-t-il maintenant quelqu'un de vous autres qui me soutiendra que tout ça était naturel? Non, c'était écrit là-haut! Et la gale à qui ne dira pas qu'il a été envoyé par Dieu même pour faire triompher la France.

seine Kinder waren und keine Zicken machten, gingen wir wie nichts auf die dicksten Bengel von Kanonen los, die brüllten und mir nichts, dir nichts ganze Regimenter von Kugeln ausspuckten. Und sogar die Sterbenden hatten noch das Zeug, sich aufzurichten, ihn zu grüßen und zu rufen: «Es lebe der Kaiser!»

Ging das mit rechten Dingen zu? Hättet ihr das für einen gewöhnlichen Menschen getan?

Wie nun alle seine Leutchen versorgt waren, da kam die Sache mit der Kaiserin Josephine, die zwar sonst eine tüchtige Frau war, die ihm aber keine Kinder schenken konnte. Er mußte sich also von ihr trennen, obwohl er sie gewaltig gern hatte. Aber er brauchte nun mal Kinder, von wegen der Regierung. Als sie von dieser Schwierigkeit hörten, haben sich alle Herrscher Europas darum geschlagen, wer ihm eine Frau geben durfte. Er hat dann, soviel ich gehört habe, eine Österreicherin geheiratet, die Tochter von den Caesaren. Dieser Caesar ist ein Mann von früher, von dem überall die Rede ist, nicht nur hierzulande, wo er ja alles gemacht haben soll, sondern in ganz Europa. Und das ist so wahr, daß sogar ich, der ich hier vor euch stehe, selbst an der Donau die Stücke von einer Brücke gesehen habe, die dieser Mann gebaut hat, der anscheinend auch in Rom gewesen ist, ein Verwandter von Napoleon, was dem Kaiser auch das Recht gegeben hat, Rom als Erbe für seinen Sohn zu nehmen. Also nach der Hochzeit, die ein Fest für die ganze Welt war und bei der er dem Volk für zehn Jahre alle Abgaben erlassen hat, die wir dann doch bezahlt haben, weil die Kerle von der Steuer sich nicht danach gerichtet haben, kriegt seine Frau einen Sohn, den König von Rom. So etwas hatte die Welt noch nicht gesehen, denn noch nie ist ein Kind als König geboren worden, während sein Vater noch lebte. An diesem Tag ist ein Ballon von Paris aufgestiegen, um es in Rom zu melden, und der Ballon hat den Weg in einem Tag gemacht. Ha! Glaubt einer von euch nun noch, daß all das mit rechten Dingen zuging? Nein, das stand oben geschrieben! Und wer nicht sagt, daß er von Gott selber gesandt war, um Frankreich zum Siege zu führen, der soll die Krätze kriegen.

Mais voilà l'empereur de Russie, qu'était son ami, qui se fâche de ce qu'il n'a pas épousé une Russe et qui soutient les Anglais, nos ennemis, auxquels on avait toujours empêché Napoléon d'aller dire deux mots dans leur boutique. Fallait donc en finir avec ces canards-là. Napoléon se fâche et nous dit: «Soldats! vous avez été maîtres dans toutes les capitales de l'Europe; reste Moscou, qui s'est allié à l'Angleterre. Or, pour pouvoir conquérir Londres et les Indes qu'est à eux, je trouve définitif d'aller à Moscou.» Pour lors, assemble la plus grande des armées qui jamais ait traîné ses guêtres sur le globe, et si curieusement bien alignée, qu'en un jour il a passé en revue un million d'hommes. Hourra! disent les Russes. Et voilà la Russie tout entière, des animaux des cosaques qui s'envolent. C'était pays contre pays, un boulevari général, dont il fallait se garer. Et comme avait dit l'Homme Rouge à Napoléon: C'est l'Asie contre l'Europe! «Suffit, qu'il dit, je vais me précautionner.» Et voilà, 'fectivement tous les rois qui viennent lécher la main de Napoléon. L'Autriche, la Prusse, la Bavière, la Saxe, la Pologne, l'Italie, tout est avec nous, nous flatte, et c'était beau! Les aigles n'ont jamais tant roucoulé qu'à ces parades-là, qu'elles étaient au-dessus de tous les drapeaux de l'Europe. Les Polonais ne se tenaient pas de joie, parce que l'Empereur avait idée de les relever; de là, que la Pologne et la France ont toujours été frères. Enfin «A nous la Russie!» crie l'armée. Nous entrons bien fournis; nous marchons, marchons: point de Russes. Enfin nous trouvons nos mâtins campés à la Moskowa. C'est là que j'ai eu la croix, et j'ai congé de dire que ce fut une sacrée bataille! L'Empereur était inquiet, il avait vu l'Homme Rouge, qui lui dit: «Mon enfant, tu vas plus vite que le pas,
96 les hommes te manqueront, les amis te trahiront.»
97 Pour lors, proposa la paix. Mais avant de la signer:

Aber nun ärgert sich der Kaiser von Rußland, der sein Freund war, daß er keine Russin geheiratet hat. Er unterstützt die Engländer, unsere Feinde, mit denen Napoleon schon lange ein Wörtchen in ihrem Laden reden wollte, woran man ihn aber immer gehindert hatte. Mit diesen Wasserratten mußte also endlich Schluß gemacht werden. Napoleon ärgert sich und sagt zu uns: «Soldaten! In allen Hauptstädten Europas seid ihr die Herren gewesen, bleibt nur noch Moskau, das sich mit England verbündet hat. Um aber London und Indien zu erobern, das ihnen gehört, halte ich es für richtig, nach Moskau zu gehen.» Da bringt er nun die größte Armee zusammen, die jemals mit ihren Gamaschen über den Erdball geschlurft ist, und die so erstaunlich gut aufgestellt war, daß er an einem Tag eine Million Mann bei der Parade an sich vorbeimarschieren ließ. Die Russen schreien Hurra, und ganz Rußland zieht in den Krieg wie eine Herde Kosaken. Nun ging es Land gegen Land, ein allgemeines Durcheinander, da hieß es aufpassen. Und es war, wie es der rote Mann zu Napoleon gesagt hatte: Asien gegen Europa. «Schon gut», sagte er, «ich werde mich darauf einrichten.» Und tatsächlich, die Könige kamen alle, um Napoleon die Hand zu lecken. Österreich, Preußen, Bayern, Sachsen, Polen, Italien, alle sind mit uns und schmeicheln uns. War das schön! Die Adler haben noch nie so gegurrt wie bei den Paraden damals, als sie über allen Fahnen Europas standen. Die Polen wußten sich vor Freude nicht zu lassen, weil der Kaiser vorhatte, ihnen wieder aufzuhelfen; seitdem sind Polen und Frankreich immer Brüder geblieben. Kurz und gut: «Her mit Rußland!» ruft die Armee. Wir ziehen gut ausgerüstet hinein, wir marschieren und marschieren: keine Russen. Endlich finden wir die Kerle im Lager an der Moskwa. Da habe ich mein Kreuz gekriegt, und ich darf sagen, das war eine ganz verfluchte Schlacht. Der Kaiser war unruhig; er hatte den roten Mann gesehen, und der hatte zu ihm gesagt: «Mein Sohn, du gehst schneller als dein Schritt lang ist, dir werden die Leute fehlen, und die Freunde werden dich verraten.» Daraufhin bot er Frieden an. Aber bevor er ihn unterschrieb, sagte er zu uns: «Wollen wir

«Frottons les Russes?» qu'il nous dit. «Tope!» s'écria l'armée. «En avant!» disent les sergents. Mes souliers étaient usés, mes habits décousus, à force d'avoir trimé dans ces chemins-là qui ne sont pas commodes du tout! Mais c'est égal! «Puisque c'est la fin du tremblement,» que je me dis, «je veux m'en donner tout mon soûl!» Nous étions devant le grand ravin; c'était les premières places! Le signal se donne, sept cents pièces d'artillerie commencent une conversation à vous faire sortir le sang par les oreilles. Là, faut rendre justice à ses ennemis, mes Russes se faisaient tuer comme des Français, sans reculer, et nous n'avancions pas. «En avant,» nous dit-on, «voilà l'Empereur!» C'était vrai, passe au galop en nous faisant signe qu'il s'importait beaucoup de prendre la redoute. Il nous anime, nous courons, j'arrive le premier au ravin. Ah! mon Dieu, les lieutenants tombaient, les colonels, les soldats! C'est égal! Ça faisait des souliers à ceux qui n'en avaient pas et des épaulettes pour les intrigants qui savaient lire. Victoire! c'est le cri de toute la ligne. Par exemple, ce qui ne s'était jamais vu, il y avait vingt-cinq mille Français par terre. Excusez du peu! C'était un vrai champ de blé coupé: au lieu d'épis, mettez des hommes! Nous étions dégrisés, nous autres. L'Homme arrive, on fait le cercle autour de lui. Pour lors, il nous câline, car il était aimable quand il le voulait, à nous faire contenter de vache enragée par une faim de deux loups. Alors mon câlin distribue soi-même les croix, salue les morts; puis nous dit: «A Moscou!»

«Va pour Moscou!» dit l'armeé. Nous prenons Moscou. Voilà-t-il pas que les Russes brûlent leur ville? Ça été un feu de paille de deux lieues, qui a flambé pendant deux jours. Les édifices tombaient comme des ardoises! Il y avait des pluies de fer et
98 de plomb fondus qui étaient naturellement horri-
99 bles; et l'on peut vous le dire, à vous, ce fut l'éclair

den Russen noch eine Abreibung geben?» «Klar!» schrie die Armee. «Vorwärts», rufen die Unteroffiziere. Meine Stiefel waren durchgelaufen und meine Uniform aus den Nähten vor lauter Herumtrampeln auf diesen Wegen da, die alles andere als bequem sind. Aber das macht nichts! «Wo jetzt Schluß ist mit der Schererei», sage ich mir, «will ich es noch mal richtig ausnutzen.» Wir standen vor der großen Schlucht, also auf den vordersten Plätzen. Das Signal ertönt, und siebenhundert Stücke Artillerie fangen eine Unterhaltung an, daß euch das Blut aus den Ohren kommt. Man muß seinen Feinden Gerechtigkeit widerfahren lassen: unsere Russen haben sich da umlegen lassen wie Franzosen, ohne zurückzugehen, und wir kamen nicht voran. «Vorwärts», heißt es auf einmal, «da ist der Kaiser!» Und das stimmte, er kommt im Galopp vorbei und macht uns Zeichen, daß er die Schanze unbedingt genommen haben will. Er feuert uns an, wir laufen los, ich bin als erster an der Schlucht. Oh, mein Gott, die Leutnants fallen, die Obersten, die Soldaten. Macht nichts! Das gab Stiefel für die, die keine hatten, und Schulterstücke für die ganz Schlauen, die lesen konnten. Sieg! Ein Schrei auf der ganzen Linie. Aber alle Wetter, das hatte man noch nie gesehen: fünfundzwanzigtausend Franzosen lagen auf der Erde. Ganz schön für den Anfang! Das sah aus wie ein abgemähtes Kornfeld mit Menschen statt Halmen! Wir übrigen waren bedient. Da kommt der Mann, und wir stellen uns im Kreis um ihn. Er geht uns um den Bart, denn wenn er wollte, war er so freundlich, daß wir mit stinkendem Kuhfleisch zufrieden waren, auch wenn wir Hunger hatten wie zwei Wölfe. Und dann verteilt der alte Schäker selbst die Kreuze, salutiert vor den Toten und sagt zu uns: «Nach Moskau!»

«Gut, also Moskau!» sagt die Armee. Und wir nehmen Moskau. Da zünden doch die Russen ihre Stadt an! Das war ein Strohfeuerchen von zwei Meilen, das zwei Tage lang gebrannt hat. Die Gebäude kamen herunter wie Ziegel vom Dach! Und es regnete geschmolzenes Eisen und Blei, daß es überhaupt ganz furchtbar war, und euch hier, euch kann ich es ja sagen: das war das Wetterleuchten von unserem

de nos malheurs. L'Empereur dit: «Assez comme ça, tous mes soldats y resteraient!» Nous nous amusons à nous rafraîchir un petit moment et à se refaire le cadavre parce qu'on était réellement fatigué beaucoup. Nous emportons une croix d'or qu'était sur le Kremlin, et chaque soldat avait une petite fortune. Mais, en revenant, l'hiver s'avance d'un mois, chose que les savants qui sont des bêtes n'ont pas expliquée suffisamment, et le froid nous pince. Plus d'armée, entendez-vous? plus de généraux, plus de sergents même. Pour lors, ce fut le règne de la misère et de la faim, règne où nous étions réellement tous égaux! On ne pensait qu'à revoir la France, l'on ne se baissait pas pour ramasser son fusil ni son argent; et chacun allait devant lui, arme à volonté, sans se soucier de la gloire. Enfin le temps était si mauvais que l'Empereur n'a plus vu son étoile. Il y avait quelque chose entre le ciel et lui. Pauvre homme, qu'il était malade de voir ses aigles à contrefil de la victoire! Et ça lui en a donné une sévère, allez!

Arrive la Bérézina. Ici, mes amis, l'on peut vous affirmer par ce qu'il y a de plus sacré, sur l'honneur, que, depuis qu'il y a des hommes, jamais, au grand jamais, ne s'était vu pareille fricassée, de voitures, d'artillerie, dans de pareille neige, sous un ciel pareillement ingrat. Le canon des fusils vous brûlait la main, si vous y touchiez, tant il était froid.

C'est là que l'armée a été sauvée par les pontonniers, qui se sont trouvés solides au poste, et où s'est parfaitement comporté Gondrin, le seul vivant des gens assez entêtés pour se mettre à l'eau afin de bâtir les ponts sur lesquels l'armée a passé, et se sauver des Russes qui avaient encore du respect pour la Grande-Armée, rapport aux victoires. Et,
100 dit-il en montrant Gondrin qui le regardait avec
101 l'attention particulière aux sourds, Gondrin est un

Unglück. Der Kaiser sagt: «Jetzt langt es, sonst gehen mir alle meine Soldaten drauf!» Wir leisten uns noch eine kurze Auffrischung, um uns wieder aufzurappeln, denn wir waren wirklich sehr müde. Wir nehmen ein goldenes Kreuz mit, das oben auf dem Kreml stand, und jeder Soldat hatte ein kleines Vermögen im Gepäck. Aber beim Rückmarsch kommt der Winter einen Monat früher, was die Gelehrten, diese Trottel, sich immer noch nicht richtig erklären können, und die Kälte zwickt uns. Da war keine Armee mehr, hört ihr, keine Generäle mehr und nicht einmal Unteroffiziere. Da regierten Hunger und Elend, eine Regierung, unter der wir nun wirklich alle gleich waren. Wir dachten nur daran, Frankreich wiederzusehen, wir bückten uns nicht mehr, um unser Gewehr oder auch nur unser Geld aufzuheben, und jeder trottete vor sich hin, trug seine Waffe, wie es ihm paßte, und kümmerte sich einen Spauz um den Ruhm. Das Wetter war so schlecht, daß der Kaiser seinen Stern nicht mehr sah. Da war etwas zwischen dem Himmel und ihm. Der arme Mann, er war ganz krank davon, seine Adler gegen den Strich vom Siege wegfliegen zu sehen! Das hat ihn hart mitgenommen, wirklich.

Nun kommen wir an die Beresina. Und da, meine Freunde, kann ich euch beim Heiligsten, das es gibt, bei meiner Ehre, versichern, daß man seit Menschengedenken noch nie und nimmer ein so wüstes Durcheinander von Armee, Wagen und Kanonen in so viel Schnee und unter einem so widerwärtigen Himmel gesehen hat. Man verbrannte sich die Hand am Gewehrlauf, wenn man ihn anfaßte, so kalt war es. Damals ist die Armee von den Pionieren gerettet worden, die wacker auf ihrem Posten ausgehalten haben und unter denen sich Gondrin großartig bewährt hat, der einzige Überlebende von den Leuten, die stur genug waren, sich ins Wasser zu stellen, um die Brücken zu bauen, über die die Armee gegangen ist, und die sich dann vor den Russen gerettet haben, die noch Respekt hatten vor der Großen Armee von wegen der alten Siege. Und (das sagte er, indem er auf Gondrin wies, der ihn mit der besonderen Aufmerksamkeit aller tauben Menschen ansah) Gondrin ist ein richtiger Landser,

troupier fini, un troupier d'honneur même, qui mérite vos plus grands égards. J'ai vu, reprit-il, l'Empereur debout près du pont, immobile, n'ayant point froid. Etait-ce encore naturel? Il regardait la perte de ses trésors, de ses amis, de ses vieux Égyptiens. Bah! tout y passait, les femmes, les fourgons, l'artillerie, tout était consommé, mangé, ruiné. Les plus courageux gardaient les aigles; parce que les aigles, voyez-vous, c'était la France, c'était tout vous autres, c'était l'honneur du civil et du militaire qui devait rester pur et ne pas baisser la tête à cause du froid. On ne se réchauffait guère que près de l'Empereur, puisque quand il était en danger, nous accourions, gelés, nous qui ne nous arrêtions pas pour tendre la main à des amis. On dit aussi qu'il pleurait la nuit sur sa pauvre famille de soldats. Il n'y avait que lui et des Français pour se tirer de là; et l'on s'en est tiré, mais avec des pertes et de grandes pertes que je dis! Les alliés avaient mangé nos vivres. Tout commençait à le trahir comme lui avait dit l'Homme Rouge.

Les bavards de Paris, qui se taisaient depuis l'établissement de la Garde impériale, le croient mort et trament une conspiration où l'on met dedans le préfet de police pour renverser l'Empereur. Il apprend ces choses-là, ça vous le taquine et il nous dit quand il est parti: «Adieu, mes enfants, gardez les postes, je vais revenir.» Bah! ses généraux battent la breloque, car sans lui ce n'était plus ça. Les maréchaux se disent des sottises, font des bêtises, et c'était naturel; Napoléon, qui était un bon homme, les avait nourris d'or, ils devenaient gras à lard qu'ils ne voulaient plus marcher. De là sont venus les malheurs, parce que plusieurs sont restés en garnison sans frotter le dos des ennemis derrière lesquels ils étaient, tandis qu'on
102 nous poussait vers la France.

103 Mais l'Empereur nous revient avec des conscrits

sogar ein Landser von Ehre, der eure größte Achtung verdient. Ich habe gesehen (so fuhr er fort), wie der Kaiser unbeweglich neben der Brücke stand und überhaupt nicht fror. Ging das vielleicht mit rechten Dingen zu? Er mußte den Untergang seiner Schätze, seiner Freunde, seiner alten Ägypter mit ansehen. Oha, alles mußte dranglauben, die Frauen, die Troßwagen, die Artillerie, alles war verbraucht, aufgegessen oder kaputt. Die Mutigsten trugen noch die Adler; denn die Adler, wißt ihr, das war Frankreich, das wart ihr alle, das war die Ehre des Bürgers und des Soldaten, die sollte unbefleckt bleiben und nicht den Kopf hängen lassen vor Kälte. Warm wurde man eigentlich nur noch in der Nähe des Kaisers, denn wenn der in Gefahr war, rannten wir hin, steifgefroren wie wir waren, wir, die wir nicht einmal stehen blieben, um einem Freund die Hand zu geben. Er soll auch nachts über seine Familie, die armen Soldaten, geweint haben. Das konnten überhaupt nur er und Leute wie wir Franzosen überstehen, und wir haben es überstanden, aber mit Verlusten, und zwar mit großen Verlusten, sage ich euch! Die Verbündeten hatten unseren Proviant aufgegessen. Alles begann ihn zu verraten, wie der rote Mann es ihm gesagt hatte. Die Schwätzer in Paris, die seit der Aufstellung der kaiserlichen Garde das Maul gehalten hatten, glauben ihn tot und zetteln eine Verschwörung an, bei der sie sogar den Polizeipräfekten mitmachen lassen, um den Kaiser zu stürzen. Er hört davon, die Sache fuchst ihn und er läßt uns sagen, als er weg ist: «Lebt wohl, Kinder, bleibt auf eurem Posten, ich komme gleich wieder.» Denkste! Seine Generäle stellen nichts wie Dummheiten an, denn ohne ihn war es eben nicht dasselbe. Die Marschälle sagen sich Grobheiten und machen dummes Zeug, und das war auch ganz klar: Napoleon, der ein netter Mann war, hatte sie mit Gold gefüttert, und sie wurden so speckfett, daß sie nicht mehr marschieren wollten. Von daher ist unser Unglück gekommen, weil einige von ihnen in der Garnison blieben, anstatt dem Feind, hinter dem sie standen, den Rücken zu verbleuen, während wir nach Frankreich gedrängt wurden.

Aber der Kaiser kommt wieder zurück mit Rekruten,

et de fameux conscrits, auxquels il changea le moral parfaitement et en fit des chiens finis à mordre quiconque, avec des bourgeois en garde d'honneur, une belle troupe qui a fondu comme du beurre sur un gril. Malgré notre tenue sévère, voilà que tout est contre nous; mais l'armée fait encore des prodiges de valeur. Pour lors se donnent des batailles de montagnes, peuples contre peuples, à Dresde, Lutzen, Bautzen... Souvenez-vous de ça, vous autres, parce que c'est là que le Français a été si particulièrement héroïque, que dans ce temps-là, un bon grenadier ne durait pas plus de six mois. Nous triomphons toujours; mais sur les derrières, ne voilà-t-il pas les Anglais qui font révolter les peuples en leur disant des bêtises. Enfin on se fait jour à travers ces meutes de nations. Partout où l'Empereur paraît, nous débouchons, parce que, sur terre comme sur mer, là où il disait: «Je veux passer!» nous passions. Fin finale, nous sommes en France, et il y a plus d'un pauvre fantassin à qui, malgré la dureté du temps, l'air du pays à remis l'âme dans un état satisfaisant. Moi, je puis dire, en mon particulier, que ça m'a rafraîchi la vie. Mais à cette heure il s'agit de défendre la France, la patrie, la belle France enfin, contre toute l'Europe qui nous en voulait d'avoir voulu faire la loi aux Russes, en les poussant dans leurs limites pour qu'ils ne nous mangeassent pas, comme c'est l'habitude du Nord, qui est friand du Midi, chose que j'ai entendu dire à plusieurs généraux. Alors l'Empereur voit son propre beau-père, ses amis qu'il avait assis rois, et les canailles auxquelles il avait rendu leurs trônes, tous contre lui. Enfin, même des Français et des alliés qui se tournaient, par ordre supérieur, contre nous, dans nos rangs, comme à la bataille de Leipsick. N'est-ce pas des horreurs dont seraient peu ca-
104 pables de simples soldats? Ça manquait à sa parole
105 trois fois par jour, et ça se disait des princes!

wirklich großartigen Rekruten, die er tadellos in Schwung brachte und aus denen er richtige bissige Hunde machte. Außerdem noch Bürger als Ehrengarde, eine schöne Truppe, die bald zusammengeschmolzen ist wie Butter auf dem Bratrost. Trotz unserer strammen Haltung stellt sich alles gegen uns, aber die Armee leistet noch Wunderdinge an Tapferkeit. Nun werden die riesigen Schlachten geschlagen. Völker gegen Völker, bei Dresden, Lützen, Bautzen... Vergeßt das nicht, Leute, denn damals waren die Franzosen so großartig heldenhaft, daß ein tüchtiger Grenadier nicht länger als ein halbes Jahr vorhielt. Wir siegen immer noch, aber da kommen doch tatsächlich die Engländer und machen hinter unserem Rücken mit dummen Redensarten die Völker rebellisch! Naja, wir schlagen uns auch durch diese Meute von Nationen. Überall, wo der Kaiser auftaucht, kriegen wir Luft, denn wo er sagte: «Ich will durch», zu Lande oder zu Wasser, da kamen wir durch. Zum Schluß sind wir endlich wieder in Frankreich, und so hart die Zeiten waren, hat die Heimatluft doch mehr als einem armen Infanteristen die Seele wieder in einen befriedigenden Zustand versetzt. Und ich für mein Teil kann nur sagen, daß mich das wieder frisch und lebendig gemacht hat.

Aber jetzt geht es darum, Frankreich, das Vaterland, kurz, unser schönes Frankreich gegen ganz Europa zu verteidigen, das uns böse ist, weil wir bei den Russen die Herren spielen und sie hinter ihre Grenzen zurücktreiben wollten, damit sie uns nicht überschluckten, was der Norden ja immer will, weil er Appetit auf den Süden hat, wie ich von mehreren Generälen gehört habe. Da muß der Kaiser erleben, wie sein eigener Schwiegervater, seine Freunde, aus denen er Könige gemacht hat, und die Schufte, die durch ihn wieder zu ihrem Thron gekommen sind, sich alle gegen ihn stellen. Und sogar Franzosen und Verbündete wenden sich auf höheren Befehl mitten in unseren Reihen gegen uns, zum Beispiel in der Schlacht bei Leipzig. Sind das nicht Schandtaten, die einfache Soldaten gar nicht fertiggebracht hätten? So etwas brach sein Wort dreimal am Tag und nannte sich Fürst!

Pour lors l'invasion se fait. Partout où notre Empereur montre sa face de lion, l'ennemi recule, et il a fait dans ce temps-là plus de prodiges en défendant la France, qu'il n'en avait fait pour conquérir l'Italie, l'Orient, l'Espagne, l'Europe et la Russie. Pour lors, il veut enterrer tous les étrangers, pour leur apprendre à respecter la France, et les laisse venir sous Paris, pour les avaler d'un coup, et s'élever au dernier degré du génie par une bataille encore plus grande que toutes les autres, une mère bataille enfin! Mais les Parisiens ont peur pour leur peau de deux liards et pour leurs boutiques de deux sous, ouvrent leurs portes; voilà les Ragusades qui commencent et les bonheurs qui finissent, l'impératice qu'on embête, et le drapeau blanc qui se met aux fenêtres. Enfin les géneraux, qu'il avait faits ses meilleurs amis, l'abandonnent pour les Bourbons, de qui on n'avait jamais entendu parler. Alors il nous dit adieu à Fontainebleau. «Soldats!...» Je l'entends encore, nous pleurions tous comme de vrais enfants; les aigles, les drapeaux étaient inclinés comme pour un enterrement, car on peut vous le dire, c'étaient les funérailles de l'Empire, et ses armées pimpantes n'étaient plus que des squelettes. Donc il nous dit de dessus le perron de son château: «Mes enfants, nous sommes vaincus par la trahison, mais nous nous reverrons dans le ciel, la patrie des braves. Défendez mon petit que je vous confie: vive Napoléon II!» Il avait idée de mourir; et pour ne pas laisser voir Napoléon vaincu, prend du poison de quoi tuer un régiment, parce que, comme Jésus-Christ avant sa passion, il se croyait abandonné de Dieu et de son talisman; mais le poison ne lui fait rien du tout. Autre chose! se reconnaît immortel. Sûr de son affaire et d'être toujours empereur, il va dans une île pendant quelque temps étu-
106 dier le tempérament de ceux-ci, qui ne manquent
107 pas à faire des bêtises sans fin.

Jetzt geht die Invasion los. Überall, wo unser Kaiser sein Löwengesicht zeigt, weicht der Feind zurück, und er hat während dieser Zeit bei der Verteidigung von Frankreich mehr Wunderdinge vollbracht als vorher, um Italien, das Morgenland, Spanien, Europa und Rußland zu erobern. Er will nun die ganzen Ausländer in ein Grab werfen, um ihnen Respekt vor Frankreich beizubringen, und läßt sie dicht vor Paris kommen, um sie auf einen Sitz überzuschlucken und sich auf die höchste Stufe des Genies zu stellen durch eine Schlacht, die noch größer werden sollte als alle anderen, eine Mutter aller Schlachten sozusagen. Aber die Pariser haben Angst um ihre Haut für zwei Pfennig und um ihren Kram für zwei Sous und machen die Tore auf. Jetzt fangen die Verrätereien wie die des Herzogs von Ragusa an, und die glücklichen Tage hören auf; die Kaiserin wird beschwatzt und die weiße Fahne aus den Fenstern gehängt. Na, und die Generäle, die er zu seinen besten Freunden gemacht hatte, die lassen ihn im Stich und gehen zu den Bourbonen, von denen man bis dahin noch nie etwas gehört hatte. Da nimmt er in Fontainebleau Abschied von uns. «Soldaten! ...» Ich höre ihn noch, wir weinten alle wie richtige Kinder. Die Adler und die Fahnen waren gesenkt wie bei einem Begräbnis des Kaiserreichs, und seine stattlichen Armeen bestanden nur noch aus Skeletten. Er sagt also oben von der großen Treppe seines Schlosses zu uns: «Kinder, wir sind durch Verrat besiegt worden, aber im Himmel, dem Vaterland aller tapferen Soldaten, sehen wir uns wieder. Verteidigt meinen Kleinen, den ich euch anvertraue: es lebe Napoleon II.!» Er wollte unbedingt sterben, und um niemanden den besiegten Napoleon sehen zu lassen, nimmt er Gift, so viel, daß es ein Regiment getötet hätte, denn ebenso wie Jesus Christus vor seiner Leidenszeit glaubte er sich auch von Gott und seinem Talisman verlassen. Aber das Gift tut ihm gar nichts, im Gegenteil! Er merkt, daß er unsterblich ist. Weil er seiner Sache nun sicher ist und weiß, daß er immer Kaiser bleibt, geht er für einige Zeit auf eine Insel, um das Benehmen von denen hier zu beobachten, die prompt eine Dummheit nach der anderen machen.

Pendant qu'il faisait sa faction, les Chinois et les animaux de la côte d'Afrique, barbaresques et autres qui ne sont pas commodes du tout, le tenaient si bien pour autre chose qu'un homme, qu'il respectaient son pavillon en disant qu'y toucher, c'était se frotter à Dieu. Il régnait sur le monde entier, tandis que ceux-ci l'avaient mis à la porte de sa France. Alors s'embarque sur la même coquille de noix d'Egypte, passe à la barbe des vaisseaux anglais, met le pied sur la France, la France le reconnaît, le sacré coucou s'envole de clocher en clocher, toute la France crie: Vive l'Empereur! Et par ici l'enthousiasme pour cette merveille des siècles a été solide, le Dauphiné s'est très bien conduit; et j'ai été particulièrement satisfait de savoir qu'on y pleurait de joie en revoyant sa redingote grise. Le Ier mars Napoléon débarque avec deux cents hommes pour conquérir le royaume de France et de Navarre, qui le 20 mars était redevenu l'Empire français. L'Homme se trouvait ce jour-là dans Paris, ayant tout balayé, il avait repris sa chère France, et ramassé ses troupiers en ne leur disant que deux mots: «Me voilà!» C'est le plus grand miracle qu'a fait Dieu! Avant lui, jamais un homme avait-il pris d'empire rien qu'en montrant son chapeau? L'on croyait la France abattue? Du tout. A la vue de l'aigle, une armée nationale se refait, et nous marchons tous à Waterloo. Pour lors, là, la Garde meurt d'un seul coup. Napoléon au désespoir se jette trois fois au-devant des canons ennemis à la tête du reste, sans trouver la mort! Nous avons vu ça, nous autres! Voilà la bataille perdue. Le soir, l'Empereur appelle ses vieux soldats, brûle dans un champ plein de notre sang ses drapeaux et ses aigles; ces pauvres aigles, toujours victorieuses, qui criaient dans les batailles: En avant! et qui avaient volé sur toute l'Europe, furent sauvées de l'infamie d'être à l'ennemi. Les trésors de l'Angleterre

Während er draußen auf Wache stand, hielten ihn die Chinesen, die wilden Kerle von der afrikanischen Küste, die Berber und all die anderen, die wahrhaftig nicht umgänglich sind, so sehr für alles andere als einen Menschen, daß sie seine Flagge respektierten und sagten: wer sich daran vergreift, kriegt es mit Gott zu tun. Er beherrschte also die ganze Welt, während die hier ihn in seinem Frankreich vor die Tür gesetzt hatten. Da geht er an Bord von derselben Nußschale wie damals in Ägypten, fährt den Engländern vor der Nase weg und setzt seinen Fuß auf französischen Boden. Frankreich bekennt sich zu ihm, der verdammte Kuckuck fliegt von Turm zu Turm, ganz Frankreich ruft: «Es lebe der Kaiser!» Und hier in der Gegend ist die Begeisterung für dieses Wunder des Jahrhunderts ganz ehrlich gewesen, die Dauphiné hat sich sehr gut benommen, und ich war besonders zufrieden, wie ich hörte, daß die Leute hier vor Freude geweint haben, als sie seinen grauen Überrock wiedersahen. Am 1. März landet Napoleon mit zweihundert Mann, um das Königreich von Frankreich und Navarra zu erobern, und am 20. März ist es schon wieder das Kaiserreich Frankreich. An diesem Tage war *der Mann* schon in Paris, nachdem er alles weggefegt hatte. Er hatte sein geliebtes Frankreich wieder in die Hand genommen und seine Landser zusammengebracht, zu denen er nur drei Worte gesagt hatte: «Da bin ich!» Das ist das größte Wunder, das Gott vollbracht hat. Hatte sich jemals ein Mann vor ihm ein ganzes Reich geholt, indem er nur seinen Hut zeigte? Und man hielt Frankreich für geschlagen? Kein Gedanke! Beim Anblick des Adlers kommt wieder eine nationale Armee zusammen, und wir marschieren alle auf Waterloo. Da stirbt die Garde auf einen Schlag. Verzweifelt wirft sich Napoleon dreimal an der Spitze der übrigen vor die feindlichen Kanonen, ohne den Tod zu finden! Das haben wir selbst gesehen, wir, die dabei waren! Die Schlacht war also verloren. Am Abend ruft der Kaiser seine alten Soldaten zusammen und verbrennt auf dem Felde, das mit unserem Blut getränkt war, seine Fahnen und seine Adler. Die armen Adler, die immer siegreich gewesen waren, die in den Schlachten ihr «Vorwärts!» gerufen

ne pourraient pas seulement lui donner la queue d'un aigle. Plus d'aigles! Le reste est suffisamment connu. L'Homme Rouge passe aux Bourbons comme un gredin qu'il est. La France est écrasée, le soldat n'est plus rien, on le prive de son dû, on te le renvoie chez lui pour prendre à sa place des nobles qui ne pouvaient plus marcher, que ça faisait pitié. L'on s'empare de Napoléon par trahison, les Anglais le clouent dans une île déserte de la grande mer, sur un rocher élevé de dix mille pieds au-dessus du monde. Fin finale, est obligé de rester là, jusqu'à ce que l'Homme Rouge lui rende son pouvoir pour le bonheur de la France. Ceux-ci disent qu'il est mort! Ah! bien oui, mort! on voit bien qu'ils ne le connaissent pas. Ils répètent c'te bourde-là pour attraper le peuple et le faire tenir tranquille dans leur baraque de gouvernement. Ecoutez. La vérité du tout est que ses amis l'ont laissé seul dans le désert, pour satisfaire à une prophétie faite sur lui, car j'ai oublié de vous apprendre que son nom de Napoléon veut dire *le lion du désert*. Et voilà ce qui est vrai comme l'Evangile. Toutes les autres choses que vous entendrez dire sur l'Empereur sont des bêtises qui n'ont pas forme humaine. Parce que, voyez-vous, ce n'est pas à l'enfant d'une femme que Dieu aurait donné le droit de tracer son nom en rouge comme il a écrit le sien sur la terre, qui s'en souviendra toujours! Vive Napoléon, le père du peuple et du soldat!

hatten und die über ganz Europa geflogen waren, wurden so vor der Schande bewahrt, dem Feind in die Hände zu fallen. Mit seinen ganzen Schätzen sollte sich England auch nicht den Schwanz eines Adlers beschaffen können. Die Adler waren also weg, und das übrige ist genugsam bekannt. Der rote Mann, Schuft, der er ist, geht zu den Bourbonen über. Frankreich ist zerschmettert, der Soldat gilt nichts mehr, man gibt ihm nicht, was ihm zusteht, schickt ihn nach Haus und nimmt an seiner Stelle Adlige, die nicht mal mehr laufen konnten; es tat einem geradezu leid. Man nimmt Napoleon durch Verrat gefangen, und die Engländer setzen ihn auf einer einsamen Insel mitten im großen Meer auf einen Felsen zehntausend Fuß über der Erde. Und da muß er nun so lange bleiben, bis der rote Mann ihm zum Wohle Frankreichs seine Macht wiedergibt. Die hier sagen ja, daß er tot ist! Ha, ausgerechnet, tot! Da sieht man, daß die ihn nicht kennen. Die wiederholen diesen Unsinn nur immer wieder, um das Volk anzuführen und um es in ihrer Regierungsbude ruhig zu halten. Hört zu. Die Wahrheit von dem allen ist die: seine Freunde haben ihn in der Wüste allein gelassen, damit sich eine Weissagung über ihn erfüllt. Ich habe nämlich vergessen, euch zu erzählen, daß sein Name, Napoleon, *der Wüstenlöwe* bedeutet. Und das ist so wahr wie das Evangelium. Alles andere, was ihr über den Kaiser hören könnt, ist ganz menschenunmögliches dummes Zeug. Denn seht mal, Gott hätte doch nicht dem Sohn eines Weibes das Recht gegeben, seinen Namen so blutrot hinzuschreiben, wie *er* ihn in die Erde gezeichnet hat, die ewig daran denken wird! Es lebe Napoleon, der Vater des Volkes und der Soldaten!

Le vieulx chronicqueur qui ha fourny le chanvre pour tisser le présent Conte dict avoir esté du temps où se passa le faict en la cité de Rouen, laquelle l'ha consigné en ses layettes. Ez environs de ceste belle ville, où demouroyt lors le duc Richard, souloyt gueuzer ung bon homme ayant nom Tryballot, ains auquel feut baillé le surnom de Vieulx-par-chemins, non pour ce qu il estoyt iaune et sec comme velin, ains pour ce que il estoyt tousiours par voyes et routes, monts et vaulx, couchioyt soubz le tect du ciel, et alloyt houzé comme ung paouvre. Ce néantmoins, il estoyt aymé moult en la duchié, où ung chascun se estoyt accoustumé à luy, si bien que, si le mois escheoyt sans que il feust venu tendre son escuelle, on disoyt: «Où est le Vieulx?» Et on respondoyt: «Par chemins.»

Ce dict homme avoyt eu pour père ung Tryballot, qui feut, en son vivant, preud'homme, économe et si rengié, que il laissa force biens à ce dict fils. Ains le ieune gars les desamassa bien tost en gaudisseries, veu que il feit au contraire du bonhomme, lequel, au retourner des champs en sa maison, amassoyt, de cy, de là, forces buschettes ou bois laissez à dextre et à senestre, disant en toute conscience que il ne fault iamais arriver au logiz les mains vuydes. Par ainsy se chauffioyt en hyver aux despens des oublieux, et faisoyt bien. Ung chascun recogneut quel bon enseignement ce estoyt pour le pays, veu que, ung an devant sa mort, aulcun ne laissoyt plus de bois par les routes; il avoyt contrainct les plus dissipez à estre mesnaigiers et rengez. Ains son fils bouta tout par escuelles et ne suyvit point ces saiges exemples. Son père avoyt
112 prédict la chouse. Dès la bas aage de ce gars, quand
113 le bon homme Tryballot le mettoyt à la guette des

Der alte Stromer

Der alte Chronist, der den Hanf geliefert hat, aus dem die vorliegende Geschichte gesponnen ist, soll zu der Zeit gelebt haben, als sich der Vorfall in der Stadt Rouen zutrug, welche seinen Namen in den Melderegistern verzeichnet. In der Umgebung dieser schönen Stadt, wo damals Herzog Richard residierte, pflegte ein Mann schnorrend umherzustreunen; er hieß Tryballot, doch hatte er den Beinamen «Alter Stromer» erhalten, nicht weil er gelb und trocken wie Pergament aussah, sondern weil er ständig unterwegs war, über Berg und Tal zog, unter freiem Himmel schlief und wie ein Tippelbruder in Lumpen daherkam. Dennoch war er im Herzogtum recht beliebt, wo jeder sich an ihn so sehr gewöhnt hatte, daß es hieß: «Wo steckt denn der Alte?», wenn der Monat verging, ohne daß er den Leuten almosenheischend seinen Napf unter die Nase gehalten hatte. Und die Antwort lautete: «Unterwegs.»

Besagter Stromer hatte einen Tryballot zum Vater gehabt, der zeit seines Lebens rechtschaffen, sparsam und so auf Ordnung bedacht war, daß er selbigem Sohn ein beträchtliches Vermögen hinterließ. Aber der junge Kerl brachte es bald mit Lustbarkeiten durch, war er doch das Gegenteil seines Vaters. Wenn dieser vom Feld heimkehrte, hatte er mal hier, mal dort eine Menge Reisig oder Holz zusammengeklaubt, das zur Rechten und zur Linken liegengeblieben war; mit voller Überzeugung sagte er, man dürfe nie mit leeren Händen nach Hause kommen. So wärmte er sich im Winter auf Kosten der Sorglosen und er tat gut daran. Jedermann erkannte, welch nützliche Lehre das für das Land war, denn ein Jahr vor seinem Tod ließ niemand mehr ein Stückchen Holz auf den Straßen liegen; er hatte die ärgsten Verschwender genötigt, sich haushälterisch und ordnungsliebend zu verhalten. Doch sein Sohn verjubelte alles und dachte gar nicht daran, diesem weisen Vorbild zu folgen. Sein Vater hatte das vorausgesagt. Schon von klein auf, wenn der wakkere Tryballot ihm auftrug, den Vögeln, welche die Erbsen,

oyseaulx qui venoyent mangier les pois, les fèves et aultres graines, à ceste fin de chasser ces larrons, surtout les geays, qui conchioyent tout, luy les estudioyt et prenoyt plaisir à considérer en quelle graace ils alloyent, venoyent, s'en retournoyent chargiez et revenoyent en espiant d'ung œil esmérillonné les tresbuschets ou lacs tendus, et rioyt moult, voyant leur adresse à les éviter. Le père Tryballot se choleroyt, treuvant deux et souvent trois septerées de la bonne mesure en moins. Ains, encores qu'il tirast les aureilles à son gars en le prenant à niaizer soubz ung couldre, le drolle s'estomiroyt tousiours et revenoyt estudier l'industrie des merles, passerons et aultres picoreurs trez-doctes. Ung iour, son père luy dit que il faisoyt saige de se modeler sur eulx, pour ce que, s'il continuoyt ce trac de vie, il seroyt sur ses vieulx ans contrainct à picorer comme eulx, et comme eulx seroyt pourchassé par les gens de iustice. Ce qui feut vray, veu que, comme il ha esté dessus dict, il desamassa en peu de iours les escuz que son mesnaigier père avoyt acquis durant sa vie: il feit avecques les hommes comme avecques les passereaux, laissant ung chascun bouter la main en son sac, et contemplant en quelle graace et quelles fassons doulces on luy demandoyt à y puiser. Par ainsy, il en veit tost la fin. Quand le diable feut seul dedans le sac, Tryballot ne se monstra point soulcieux, disant que il ne vouloyt point se damner pour les biens de ce monde, et avoyt estudié la philosophie en l'eschole des oyseaulx.

Après s'estre amplement gaudy, il luy demoura de tous ses biens ung goubelet achepté au Landict et trois dez, mesnaige suffisant pour boire et iouer, d'autant que il alloyt sans estre emcombré de meubles, comme sont les grans, qui ne sçavent cheminer sans charroys, tappis, leschefrittes et numbre infiny de varlets. Tryballot voulut veoir ses bons

Bohnen und anderes Saatgut fressen wollten, aufzulauern, um diese Gauner, besonders die Eichelhäher, zu verjagen, die alles vollschissen, beobachtete er sie genau und sah mit Vergnügen, wie anmutig sie herbei- und davonflogen, mit ihrer Beute kehrt machten, dann wiederkamen und lebhaft die ausgelegten Fallen oder Netze beäugten; und er lachte von Herzen, wenn er merkte, wie geschickt sie ihnen auswichen. Vater Tryballot wurde wütend, sobald er entdeckte, daß bei der Ernte zwei und oft auch drei Malter am gestrichenen Maß fehlten. Doch obschon er seinem Schelm die Ohren langzog, wenn er ihn Maulaffen feilhaltend unter einem Haselnußstrauch antraf, wunderte sich der Schlingel immer wieder über die Amseln, Spatzen und andere überaus gewitzte Saatgutpicker, und er machte sich von neuem daran, ihr Treiben zu erforschen.

Eines Tages sagte sein Vater zu ihm, es würde ihm gut anstehen, sich diese zum Vorbild zu nehmen, denn falls er so weitermache, müsse er auf seine alten Tage, wie sie, auf Futtersuche gehen und werde, wie sie, von den Dienern des Gesetzes unerbittlich verfolgt. Was ja tatsächlich eintrat, weil er, wie oben dargelegt, die Taler, die sein sparsamer Vater sein Leben lang zusammengetragen hatte, in wenigen Tagen verpraßte. Mit den Menschen ging er wie mit den Spatzen um, ließ jeden in seinen Beutel greifen und sah zu, mit wieviel Anmut und auf welch gewinnende Art man ihn bat, sich daraus bedienen zu dürfen. So sah er denn auch bald seine Barschaft zur Neige gehen. Als er keinen roten Heller mehr besaß, zeigte er sich keineswegs besorgt, sondern meinte, er wolle wegen der Güter dieser Welt sich nicht ins Verderben stürzen; er habe die Lebensweisheit in der Schule der Vögel gelernt.

Nachdem er sich weidlich verlustiert hatte, blieb ihm noch von seinem ganzen Besitz ein Trinkbecher, den er auf dem Jahrmarkt von Saint-Denis erstanden hatte, und drei Würfel, Gerätschaft genug zum Trinken und Spielen, zumal er keine Möbel mit sich herumzuziehen hatte, wie es die großen Herrn tun müssen, die nicht ohne Wagen, Teppiche, Tropfpfannen und unzählige Diener reisen können. Tryballot

amis, ains ne rencontra plus aulcun de cognoissance, ce qui luy bailla congié de ne plus recognoistre personne. Quoy voyant, comme la faim luy aguisoyt les dents, il délibéra prendre ung estat où il eust rien à faire et moult à gaigner. En y pensant, se remembra la graace des merles et passereaux. Lors le bon Tryballot esleut pour sien le mestier de requérir argent ez maisons en picorant. Dès le prime iour, les gens pitoyables luy en baillèrent, et Tryballot feut content, trouvant le mestier bon, sans advances ne chances maulvaises, au contraire, plein de commoditez. Il feit son estat de si grant cueur, que il agréa partout et receut mille consolations reffusées à gens riches. Le bon homme resguardoyt les gens de campaigne planter, semer, moissonner, vendanger, et se disoyt que ils laboroyent prou pour luy. Cil qui avoyt ung porc en son charnier luy en debvoyt ung lopin, sans que cettuy gardien de porc s'en doubtast. Tel cuisoyt ung pain en son four le cuisoyt pour Tryballot et ne le pensoyt nullement. Il ne prenoyt rien de force, au contraire, les gens luy disoyent des gracieusetez en le guerdonnant: – Tenez, mon Vieulx-par-chemins, reconfortez-vous. Ça va-t-il-bien? Allons! prenez cecy, le chat l'ha entamé, vous l'acheverez.

Le Vieulx-par-chemins estoyt des nopces, baptesmes et aussy des enterremens, pour ce que il alloyt partout où il y avoyt apertement ou occultement ioye et festins. Il guardoyt religieusement les statuts et ordonnances de son mestier, à sçavoir: ne rien faire, veu que, s'il avoyt pu laborer le plus legierement que ce feust, aulcun ne luy auroyt plus rien baillé. Après s'estre repeu, ce saige homme s'estendoyt le long des fossez ou contre ung pilier d'ecclise en resvant aux affaires publicques; finablement il philosophoyt, comme ses gentils maistres
116 les merles, geays, passerons, et songioyt moult en
117 gueuzant; car, pour ce que son vestement estoyt

wollte seine guten Freunde aufsuchen, traf aber keinen mehr, der ihn kannte, was ihm erlaubte, ebenfalls niemanden mehr zu kennen. Sobald er das eingesehen hatte, beschloß er, da ihm der Magen knurrte, einen Beruf zu ergreifen, in dem er nichts zu tun und viel zu gewinnen hätte. Während er darüber nachdachte, fiel ihm wieder das anmutige Treiben der Amseln und Spatzen ein. Der wackere Tryballot machte es sich nun zum Beruf, in den Häusern um Geld und Kost zu schnorren. Vom ersten Tag an gaben ihm die mitleidigen Seelen von beidem, und Tryballot war's zufrieden, fand das Gewerbe gut, ohne Aufstiegsmöglichkeiten, aber auch ohne düstere Aussichten, im Gegenteil: voller Bequemlichkeit. Er übte es mit so großer Freude aus, daß er sich überall beliebt machte und tausend Tröstungen empfing, die reichen Leuten versagt bleiben. Der pfiffige Kerl sah den Landleuten beim Pflanzen, Säen, bei der Getreideernte und Weinlese zu und sagte sich, daß sie mächtig für ihn werkelten. Wer ein Schwein in seiner Vorratskammer hatte, schuldete ihm ein Stückchen, ohne daß dieser Schweinehalter es ahnte. Ein anderer, der in seinem Backofen ein Brot buk, tat es für Tryballot, ohne an ihn auch nur zu denken. Nichts nahm der alte Stromer mit Gewalt, im Gegenteil, die Leute gaben ihm, wenn sie ihn unterstützten, auch noch freundliche Worte: «Greift nur zu, alter Stromer, und stärkt Euch! Geht's gut? Na, nehmt das, die Katze hat es angeknabbert, Ihr könnt es aufessen.»

Er war bei den Hochzeiten, Kindstaufen und auch bei den Begräbnissen dabei, weil er überall erschien, wo es offen oder versteckt zu feiern und zu schmausen gab. Die Satzungen und Vorschriften seines Gewerbes hielt er heilig, nämlich: nichts zu tun; würde ihm doch niemand mehr etwas gegeben haben, wenn er auch nur die leichteste Arbeit hätte verrichten können. War sein Bauch voll, streckte sich dieser Weise in einem Straßengraben aus oder lehnte sich an einen Kirchenpfeiler und dachte über die öffentlichen Angelegenheiten nach; schließlich philosophierte er wie seine liebenswürdigen Lehrmeister, die Amseln, Häher, Spatzen, und grübelte viel während seiner Bettelgänge; war denn der Um-

paouvre, estoyt-ce raison que son entendement ne feust riche? Sa philosophie divertissoyt moult ses praticques, auxquelles il alloyt disant, en forme de merciement, les plus beaulx aphorismes de sa science. A l'ouyr, les pantophles produisoyent la goutte aux riches; il se iactoyt d'avoir les pieds allaigres, pour ce que son cordouannier luy bailloyt des soliers venus dans les aulnayes. Il y avoyt des maulx de teste soubz les diadesmes, qui ne l'atteignoyent point, pour ce que sa teste estoyt serrée ne par soulcys, ne par aulcun chappelet. Puis encore les bagues à pierreries gehennoyent le mouvement du sang. Encores que il s'enchargiast de playes suyvant les lois de la gueuzerie, cuydez que il estoyt plus sain qu'ung enfant qui arrivoyt au baptistère. Le bon homme se rigolloyt avec les autres gueux, en iouant avecques ses trois dez, que il conservoyt pour se soubvenir de despendre ses deniers, à ceste fin d'estre tousiours paouvre. Néantmoins son vœu, il estoyt, comme les Ordres Mendians, si bien renté, qu'ung iour de Pasques, ung aultre gueux voulant luy affermer son gaing du dict iour, le Vieux-parchemins en reffusa dix escuz. De faict, à la vesprée, il despendit quatorze escuz en ioye pour fester les aumosniers, veu que il estoyt dict ez status de gueuzerie de se monster recognoissant envers les donatoires. Quoique il se deschargiast avecques soing de tout ce qui faisoyt les soulcys des aultres, qui, trop chargiez de bien, quérent le mal, il feut plus heureux n'ayant rien au monde que lorsque il avoyt les escuz de son père. Et pour ce qui est des conditions de noblesse, il estoyt tousiours en bon poinct d'estre anobly, pour ce que il ne faisoyt rien qu'à sa phantaisie, et vivoyt noblement sans aulcun labeur. Trente escuz ne l'auroyent faict lever quand il estoyt couchié. Il arriva tousiours à lende-
118 main comme les aultres, en menant ceste belle vie,
119 laquelle, au dire de messire Plato, aulcuns anticques

stand, daß er ärmlich gekleidet war, ein Grund, daß auch sein Verstand unzulänglich sein mußte? Seine Philosophie war recht unterhaltsam für seine Kunden, denen er zum Dank die besten Sinnsprüche aus seinem Wissen darbot. Wenn man ihn hörte, verursachten die Pantoffeln bei den Reichen die Gicht; er rühmte sich, so gut zu Fuß zu sein, weil sein Schuster ihn mit Schuhen versorge, die aus den Erlenwäldchen stammten. Gekrönte Häupter hatten oft Kopfweh, von dem er verschont bleibe, weil seinen Kopf weder Sorgen noch Krone drückten. Weiter behinderten die mit Edelsteinen besetzten Ringe den Blutkreislauf. Zwar fügte er sich, wie es sich für Fechtbrüder gehört, auch selber Wunden zu, doch glaubt mir: er war gesünder als ein Kind, das zur Taufkapelle getragen wird.

Der Leichtfuß vergnügte sich mit seinesgleichen beim Spiel mit seinen drei Würfeln, die er aufbewahrte, damit er daran denke, seine Groschen auszugeben und auf diese Weise stets arm zu bleiben. Entgegen seinem Gelübde war der alte Stromer, wie die Bettelorden, so gut gestellt, daß er an einem Ostersonntag zehn Taler ausschlug, die ihm ein anderer Bettelbruder als Tageseinnahme im voraus bot. Am Abend verpulverte er tatsächlich vierzehn Taler zu Ehren der Almosengeber, stand doch in den Satzungen der Bettlerzunft geschrieben, man habe sich den Spendern gegenüber dankbar zu erweisen. Obwohl er sich gewissenhaft von allem trennte, was anderen Sorgen bereitete, wodurch sie, allzu sehr mit Besitz belastet, das Unglück beschwören, war er, weil er überhaupt nichts hatte, glücklicher als zu der Zeit, da er die Taler seines Vaters besaß.

Und was den Adelsstand angeht, konnte er sich stets mit gutem Grund geadelt fühlen, denn er tat nur das, wozu er Lust hatte und lebte ohne irgendeine Arbeit auf adelige Weise. Keine dreißig Taler hätten ihn bewegen können aufzustehen, wenn er einmal in der Waagrechten war. Nach dem Grundsatz «Morgen ist auch wieder ein Tag» führte er jenes schöne Leben, das Meister Platons Versicherung zufolge, einige Weise des Altertums geführt

saiges ont menée iadis. Finablement, le Vieulx-par-chemins advint en l'aage de quatre-vingt et deux années, n'ayant iamais esté ung seul iour sans attrapper monnoye, et avoyt lors la plus belle couleur de tainct que vous puissiez imaginer. Aussy cuydoyt-il que, s'il avoyt persévéré dedans la voye des richesses, il se feust guasté et seroyt lors enterré depuis ung long temps. Possible estoyt qu'il eust raison.

Durant sa prime ieunesse, le Vieulx-par-chemins avoyt pour inclyte vertu de trez-fort aymer les femmes, et son abundance d'amour estoyt, dict-on, ung fruict de ses estudes avecques les moyneaulx ou fricquets. Doncques il estoyt tousiours dispos à prester aux femmes son ayde pour compter les solives, et ceste générosité treuve sa raison physicale en ce que, ne faisant rien, il estoyt tousiours prest à faire. Les buandières, qui dans ce pays sont nommées lavandières, disoyent que elles avoyent beau savonner les dames, le Vieulx-par-chemins s'y entendoyt encores mieulx. Ses vertus absconses engendrèrent, dict-on, ceste faveur dont il iouyssoyt en la province. Aulcuns disent que la dame de Caumont le feit venir en son chasteau pour sçavoir la vérité sur ces qualitez et le mussa durant une huictaine, à ceste fin de l'empeschier de gueuzer, ains le bon homme se saulva par les hayes en grant paour d'estre riche. En advançant en aage, ce grant quintessencier se veit desdaingné, quoique ses notables facultez d'aymer n'esprouvassent aulcun dommaige. Cet iniuste revirement de la gent femelle causa la prime poine du Vieulx-par-chemins et le célèbre procez de Rouen auquel il est temps d'arriver.

En ceste quatre-vingt-deuxiesme année, le Vieulx-par-chemins feut par force en continence environ sept mois, durant lesquels il ne feit la rencontre d'aulcune femme de bon vouloir, et dit devant le iuge que ce feut le plus grant estonnement de sa longue et honorable vie. En cet estat trez-

haben. Nach und nach wurde der Vagabund zweiundachtzig Jahre alt, und nie war auch nur ein Tag vergangen, an dem er kein Geld eingesäckelt hätte. Und immer noch hatte er die frischeste Gesichtsfarbe, die ihr euch vorstellen könnt. Daher dachte er auch, er hätte sich geschadet und wäre schon längst unter der Erde, hätte er sich ständig auf dem Pfade der Reichtümer bewegt. Möglicherweise hatte er darin recht.

In seiner frühen Jugend war er als gewaltiger Weiberheld weithin berühmt, und sein mächtiger Liebeshunger war angeblich eine Folge seiner Beobachtungen bei den Spatzen oder Feldsperlingen. Er war deshalb stets aufgelegt, den Frauen beim Zählen der Deckenbalken behilflich zu sein, und diese Großmut findet ihre physikalische Erklärung darin, daß er, weil er ja nichts tat, stets bereit war, etwas zu tun. Die Wäscherinnen, die hierzulande Bleicherinnen genannt werden, sagten, sie mochten die Damen noch so gut einseifen, der alte Stromer verstehe sich noch besser darauf. Seine geheimen Fähigkeiten hätten, so wird erzählt, zu jener großen Beliebtheit geführt, deren er sich in der Gegend erfreute. Manche behaupten, die Herrin von Brennberg habe ihn auf ihr Schloß kommen lassen, um die Wahrheit über diese Eigenschaften zu erfahren; sie habe ihn eine Woche lang versteckt, um ihn am Betteln zu hindern, doch der lockere Vogel habe aus lauter Angst, reich zu werden, durch die Hecken Reißaus genommen. Je älter er wurde, desto mehr sah sich dieser große Sucher nach dem Stein der Weisen verschmäht, obgleich seine bemerkenswerten Liebeskünste keinen Schaden gelitten hatten. Dieser ungerechte Stimmungsumschwung der Frauenzimmer bereitete dem alten Stromer den ersten Kummer und führte zu dem berühmten Prozeß von Rouen, dem wir uns nun endlich zuwenden wollen.

In diesem seinem zweiundachtzigsten Lebensjahr lebte der alte Stromer wohl oder übel etwa sieben Monate lang enthaltsam. Während dieser Zeit begegnete er keiner ihm willfährigen Frau, und dem Richter gegenüber bekannte er, das sei in seinem langen, ehrsamen Leben das Erstaunlichste gewesen. In diesem sehr qualvollen Zustand sah er im schönen

douloureux, il veit ez champs, au ioly moys de may, une fille, laquelle par adventure estoyt pucelle et guardoyt les vaches. La chaleur tomboyt si drue, que ceste vachiere s'estendit à l'umbre d'ung fousteau, le visaige contre l'herbe, à la fasson des gens qui laborent ez champs, pour faire ung somme durant le temps que son bestial ruminoyt, et se resveigla par le faict du vieulx, qui luy avoyt robbé ce que une paouvre garse ne peut donner que une foys. Se voyant defflourée sans en recepvoir aulcun advis ne plaisir, elle cria si fort, que les gens occupez ez champs vindrent et feurent prins en tesmoingnaige par la garse, au moment où se voyoyt en elle le desguast faict ez nuicts de nopces chez une nouvelle mariée; elle plouroyt, se plaingnoyt, disant que ce vieulx cinge intempérant pouvoyt aller violer sa mère à elle, qui n'auroyt rien dict. Le vieulx feit response aux gens de la campaigne, qui levoyent ià leurs serfouettes pour le meurdrir, que il avoyt esté poulsé à se divertir. Ces gens luy obiectèrent avecques raison que ung homme pourroyt bien se divertir sans forcer une pucelle, cas prevostal qui le menoyt droict à la potence, et feut conduict en grant rumeur à la geole de Rouen.

La fille, interroguée par le prevost, déclara que elle dormoyt pour faire quelque chouse, et que elle avoyt creu songier de son amant, avecques lequel elle estoyt en dispute, pour ce que avant mariaige il soubhaitoyt mesurer sa besongne, et iocquetant en ce resve, elle luy laissoyt veoir si les chouses estoyent bien accomparaigées, à ceste fin que nul mal ne leur advinst à l'ung ou à l'aultre, et, maulgré sa deffense, il alloyt plus loing que elle ne luy bailloyt licence d'aller, et, y treuvant plus de mal que de plaisir, elle s'estoyt esveiglée soubz la puissance du Vieulx-par-chemins, qui se estoyt gecté sur celle comme ung cordelier sur ung jambon au disiuchier du quaresme.

Monat Mai auf dem Feld eine Dirn, zufällig eine Jungfrau, welche die Kühe hütete. Die Hitze war so drückend, daß besagte Kuhhirtin im Schatten einer Buche, mit dem Gesicht dem Grase zugewandt, sich hinlegte, wie es die Feldarbeiter tun. Sie wollte, solange ihr Vieh wiederkäute, ein Nickerchen machen und erwachte über der Tat des Alten, nachdem dieser ihr das geraubt hatte, was eine arme Dirn nur einmal verschenken kann. Als sie sich nun, ohne Vorwarnung und ohne ein Vergnügen gehabt zu haben, entjungfert sah, hob sie ein solches Gezeter an, daß die auf den Feldern Beschäftigten herbeirannten und von ihr zu Zeugen genommen wurden, sobald bei ihr der Schaden sichtbar war, der bei einer Frischvermählten in der Hochzeitsnacht angerichtet wird. Sie heulte, schlug Krach und sagte, der alte, zügellose Affe hätte doch über ihre Mutter herfallen können, der es sicher recht gewesen wäre. Den Bauersleuten, die schon ihre Jäthacken erhoben, um ihn zu erschlagen, gab der Alte zur Antwort, er habe einen mächtigen Drang verspürt, sich zu vergnügen. Sie hielten ihm mit Recht entgegen, ein Mann könne sich sehr wohl zerstreuen, ohne gerade eine Jungfrau zu vergewaltigen. Das sei ein Fall für den Profos und führe ihn schnurstracks zum Galgen. Und unter mächtigem Gejohle brachte man ihn nach Rouen in den Kerker.

Vom Profos verhört, erklärte die Dirn, sie habe, um überhaupt etwas zu tun, geschlafen und geglaubt, sie träume von ihrem Schatz, mit dem sie auf Kriegsfuß stehe, weil er nämlich vor der Hochzeit ihr Gütlein habe abmessen wollen. Und während sie im Traum herumgeschäkert hätten, habe sie ihn nachsehen lassen, ob die Sachen auch gut zusammenpaßten,

damit keinem von beiden ein Nachteil erwachse. Trotz ihrem Widerstand sei er weiter gegangen, als sie ihm gestattet habe, und weil sie dabei mehr Schmerz als Vergnügen empfunden habe, sei sie wach geworden – unter der Last des alten Stromers, der sich auf sie geworfen hätte wie ein Franziskaner auf einen Schinken am Ende der Fastenzeit.

Ce pourchaz feit si grant bruit en la ville de Rouen, que le prevost feut mandé par monseigneur le duc, en qui vint ung véhément dezir de sçavoir si le faict estoyt véritable. Sur l'affirmation du prevost, il commanda que le Vieulx-par-chemins feust conduict en son palais, à ceste fin d'ouyr quelle deffense il pouvoyt faire. Le paouvre bon homme comparut devant le prince et luy desbagoula naïfvement le maulvais heur qui luy advenoyt par la force et le vœu de la nature; disant que il estoyt comme ung vray iouvencel poulsé par des dezirs trez-impérieux; que iusques en ceste année il avoyt eu des femmes à luy, ains que il ieusnoyt depuis huict mois: que il estoyt trop paouvre pour s'adonner aux filles de ioye; que les honnestes femmes qui luy faisoyent ceste aumosne avoyent prins en desgoust ses cheveulx, lesquels avoyent la feslonie de blanchir maulgré la verdeur de son amour, et que il avoyt esté contrainct à saisir la ioye où elle estoyt par la veue de ceste damnée pucelle, laquelle en s'estendant le long du hestre avoyt laissé veoir la iolye doubleure de sa robbe et deux hémisphères blancs comme neige qui luy avoyent tollu sa raison; que la coulpe estoyt à ceste fille, et non à luy, pour ce que il doibt estre deffendu aux pucelles d'affriander les passans en leur monstrant ce qui feit nommer Vénus *Callipyge;* finablement, le prince debvoyt sçavoir quelle poine ha ung homme sur le coup de midy de tenir son chien en laisse, pour ce que ce feut à ceste heure que le roy David feut féru par la femme du sieur Urie; que là où ung roy hébreu aymé de Dieu avoyt failly, un paouvre desnué de ioye et réduict à robber sa vie avoyt bien pu se treuver en faulte; que d'ailleurs il estoyt consentant à chanter des psaulmes le demourant de ses iours sur ung luth en manière de pénitence, à l'imitation du dict roy, lequel avoyt eu le tort grief d'occire ung mary, là où, luy, avoyt tant soit peu

Dieser gerichtliche Fall erregte in der Stadt Rouen so großes Aufsehen, daß der Profos zum Herrn Herzog bestellt wurde, der brennend gern wissen wollte, ob die Sache auch wahr sei. Als der Profos bejahte, befahl er, den alten Stromer im Palast vorzuführen; er wollte hören, was dieser zu seiner Verteidigung vorbringen könne. Der arme Alte erschien vor dem Fürsten und ließ sich unbekümmert aus über das Pech, das durch die Gewalt und das Verlangen der Natur über ihn gekommen sei, sagte auch, er werde wie ein wirklicher Jüngling von ganz unabweislichen Begierden getrieben; er habe bis zu diesem Jahr immer Weiber gehabt, lebe aber seit acht Monaten enthaltsam; er sei zu arm, um sich mit Freudenmädchen einlassen zu können; die ehrbaren Frauen, die ihm dieses Almosen gewährt, hätten eine Abneigung gegen seine Haare gefaßt, welche tückischerweise trotz seiner grünenden Liebesgefühle weiß geworden seien.

So sei er gezwungen gewesen, sich die Lust zu nehmen, wo sie sich bot: beim Anblick dieser verflixten Jungfrau, die sich der Länge nach unter der Buche hingestreckt und das hübsche Futter ihres Kleides sowie zwei schneeweiße Halbkugeln habe sehen lassen, welche ihn um den Verstand gebracht hätten. Schuld sei diese Dirn und nicht er, weil es den Jungfrauen untersagt sein sollte, die Vorüberkommenden zu ködern, indem sie ihnen das zeigen, was der Venus den Beinamen *Kallipygos* eingebracht habe. Schließlich müsse der Fürst doch wissen, wie schwer es einem Manne falle, genau zur Mittagszeit seinen Hund an der Leine zu halten, habe sich ja auch zu eben dieser Stunde König David in die Frau des Herrn Uria leidenschaftlich verliebt. Und wo ein von Gott geliebter Judenkönig einen Fehltritt begangen habe, sei es einem freudlosen Armen, der sich seinen Lebensunterhalt zusammenklauen müsse, wohl nicht zu verdenken, daß er gestrauchelt sei. Im übrigen erkläre er sich gerne bereit, für den Rest seines Lebens als Buße Psalmen zur Laute zu singen, genauso wie besagter König, der das schwere Unrecht begangen habe, cinen Ehemann zu ermorden, während *er* doch nur eine Bauerndirn ein ganz klein wenig beschädigt habe. Dem

endommaigé une fille de campaigne. Le duc gousta les raisons du Vieulx-par-chemins, et dit que ce estoyt ung homme de bon c... Puis, il rendit ce mémorable arrest, que si, comme le disoyt cettuy mendiant, il ayoyt si grant besoing de follieuses à son aage, il luy bailloyt licence de le démonstrer au rez de l'eschelle où il monteroyt pour estre pendu, ce à quoy l'avoyt simplement condamné le prevost; si, la chorde au col, entre le prebstre et le bourrel, pareille phantaisie le picquoyt, il auroyt sa graace.

Cet arrest cogneu, il y eut ung monde fol pour veoir conduire le bon homme à la potence. Ce feut une haye comme à une entrée ducale, et cy voyoyton plus de bonnets que de chapeaulx. Le Vieulx-par-chemins feut saulvé par une dame curieuse de veoir comment fineroyt cettuy violeur trez-prétieux, laquelle dit au duc que la religion commandoyt de faire beau ieu au bon homme, et se para comme pour une feste à baller; elle mit en évidence et avecques intention deux ballottes de chair vifve si blanches, que le plus fin lin de la gorgerette y palissoyt; de faict, ces beaulx fruicts d'amour se produisoyent sans plys au-dessus de son corselet, comme deux grosses pommes, et faisoyent venir l'eaue en la bouche, tant mignons ils estoyent. Ceste noble dame, qui estoyt de celles qui font que ung chascun se sent masle à les veoir, se plaça sur les lèvres ung soubriz pour le bon homme. Le Vieulx-par-chemins, vestu d'ung sayon de grosse toile, plus seur d'estre en posteure de viol après la pendaison que paravant, venoyt entre les gens de iustice, trez-tristifié, gectant l'œil de cy, de là, sans veoir aultre chouse que des coëffes; et auroyt, disoyt-il, donné cent escuz d'une fille troussée comme estoyt la vachière de laquelle il se remembroyt les bonnes grosses blanches columnes de Vénus qui l'avoyent
126 perdu, et pouvoyent encores le saulver; mais,
127 comme il estoyt vieulx, la remembrance n'estoyt

Herzog gefielen die Beweisgründe des alten Stromers; der sei ein rechtes Mannsbild, bemerkte er. Dann sprach er das folgende denkwürdige Urteil: Wenn dieser Bettler, wie er behauptet, in seinem Alter noch ein so großes Verlangen nach liebestollen Weibern habe, so überlasse er es ihm, das am Fuß der Leiter zu beweisen, die er emporsteige, um gehängt zu werden, wozu der Profos ihn ohne Umschweife verurteilt habe. Falls ihn dann, mit dem Strick um den Hals, zwischen Pfarrer und Henker, noch immer der Hafer steche, solle ihm Gnade widerfahren.

Als dieses Urteil bekannt wurde, fand sich eine unbeschreibliche Menschenmenge ein, die erleben wollte, wie der Arme zum Galgen geführt wurde. Es bildete sich ein Spalier wie beim Einzug eines Herzogs, und man sah mehr Frauenhauben als Männerhüte. Der alte Stromer wurde von einer Dame gerettet, die gespannt darauf war, wie dieser ganz unschätzbare Einbrecher enden würde. Sie sagte zum Herzog, christliches Erbarmen gebiete, dem Manne günstige Bedingungen zu schaffen, und machte sich hübsch wie zu einem festlichen Ball; sie brachte bewußt zwei Kuppeln lebendigen Fleisches zur Geltung, so weiß, daß daneben das zarteste Leinen des Busentuchs verblaßte; diese schönen Liebesfrüchte zeigten sich tatsächlich faltenlos über dem Mieder wie zwei pralle Äpfel und ließen einem das Wasser im Munde zusammenlaufen, so reizend waren sie. Diese edle Dame, die zu jenen zählte, bei deren Anblick sich jeder als Mann fühlt, stellte sich vor die Menge mit einem Lächeln auf den Lippen, das dem wackeren Alten galt. Der Stromer, der einen Kittel aus grobem Leinen trug, erschien in Begleitung der Gerichtsdiener, tiefbekümmert, blickte bald hierhin, bald dorthin, sah aber nichts als Hauben alter Frauenzimmer. Überzeugt, daß er nach dem Gehenktwerden eher wie ein Mädchenschänder aussehe als vorher, hätte er, wie er sagte, hundert Taler für eine Dirn gegeben, die so gut gebaut wäre wie die Kuhhirtin, an deren stramme, pralle, weiße Venussäulen er sich erinnere, welche ihn ins Unglück gestürzt hätten und ihm noch immer Rettung bringen könnten; da er aber alt sei, erweise sich die Erinnerung als nicht

point fresche assez. Ores, quand au rez de l'eschelle il veit les deux mignotises de la dame et le ioly delta que produisoyent leurs confluentes rondeurs, son maistre Iean Chouart feut en ung tel estat de raige, que le sayon parla trez-apertement par ung soublevement maieur.

– Et doncques, vérifiez tost, feit-il aux gens de iustice, i'ay gaigné ma graace, ains ie ne responds point du drolle.

La dame feut trez-aise de cet hommaige, que elle dit estre plus fort que le viol. Les sergens qui avoyent charge de soublever l'estoffe cuydèrent cettuy vieulx estre le diable, pour ce que oncques en leurs escriptures ne s'estoyt rencontré ung I autant droict que se treuvoyt le dressoir du bon homme. Aussy feut-il pourmené triumphalement par la ville iusques en l'hostel du duc, auquel les sergens et aultres tesmoingnèrent du faict. En cettuy temps d'ignorance, ceste instrumentation iudiciaire feut prinse en si grant honneur, que la ville vota l'érection d'ung pilier en l'endroict où le bon homme avoyt gaigné sa graace, et il y feut pourtraict en pierre comme il estoyt à la veue de ceste honneste et vertueuse dame. La statue se voyoyt encores au temps où la cité de Rouen feut prinse par les Angloys, et les autheurs du temps escripvirent tous ceste histoire parmy les chouses notables du règne.

Sur ce que il feut offert par la ville de fournir des garses au bon homme, de veigler à son vivre, vestement et couvert, le bon duc y mit ordre en baillant à la despucellée ung millier d'escuz et la mariant au bonhomme, lequel y perdit son nom de Vieulx-parchemins. Il feut nommé par le duc sieur de Bonne-C...... Sa femme accoucha après neuf mois d'ung masle parfaictement faict, bien vivant, lequel nacquit avecques deux dents. De ce mariaige vint la
128 maison de Bonne-C......, laquelle, par pudeur et
129 bien à tort, requit de nostre bien-aymé roy Loys le

frisch genug. Als er nun, am Fuß der Leiter stehend, die zwei bezaubernden Hügel der Dame sah, sowie das hübsche Delta, das durch die ineinanderfließenden Rundungen zustande kam, geriet sein Meister Iste so gewaltig in Aufruhr, daß der Kittel durch eine größere Erhebung eine sehr deutliche Sprache führte.

«Na also», sagte der Stromer zu den Gerichtsdienern, «überzeugt euch bald; ich habe meine Begnadigung erwirkt, bürge aber nicht für den Bengel.»

Die Dame war von dieser Huldigung recht angetan, die, so meinte sie, ein noch stärkeres Stück sei als die Vergewaltigung. Die Büttel, die beauftragt waren, den Stoff hochzuheben, hielten diesen Alten für den Leibhaftigen, weil in ihren Akten kein so kerzengerades I zu finden war wie der Ständer dieses Mannsbilds. Tryballot wurde daher im Jubel durch die Stadt bis zur Residenz des Herzogs geleitet, dem die Büttel und andere den Tatbestand bezeugten. In jener unaufgeklärten Zeit wurde diese Beweiserhebung so sehr in Ehren gehalten, daß die Stadt beschloß, eine Säule an der Stelle zu errichten, wo der Wackere seine Begnadigung erwirkt, und er wurde in Stein verewigt, wie er beim Anblick dieser ehrbaren und tugendhaften Dame ausgesehen hatte. Das Standbild war noch zu sehen, als die Stadt Rouen von den Engländern eingenommen wurde, und alle Chronisten jener Zeit vermerkten diese Geschichte unter den herausragenden Vorkommnissen der herzoglichen Herrschaft.

Als die Stadt sich daraufhin erbot, den Alten mit Weibsleuten zu versorgen und sich um seinen Lebensunterhalt, um Bekleidung und Verköstigung zu kümmern, schaffte der Herzog ordentliche Verhältnisse, indem er der Entjungferten tausend Taler schenkte und sie mit dem wackeren Mann verheiratete, der dadurch seinen Namen «Alter Stromer» verlor. Er wurde vom Herzog zum Herrn von Strammsack ernannt. Seine Frau kam neun Monate darauf mit einem kräftigen und überaus lebhaften Knäblein nieder, das schon zwei Zähne mit auf die Welt brachte. Aus dieser Ehe ging das Geschlecht derer von Strammsack hervor, das, weil es, und zwar sehr zu Unrecht, sich seines Namens schämte, von

unziesme lettres patentes pour muter son nom en celuy de Bonne-Chose. Le bon roy Loys remonstra lors au sieur de Bonne-C...... que il y avoyt en l'Estat de Messieurs de Venise une inclyte famille des *Coglioni,* lesquels portoyent trois c....... au naturel en leur blazon. Mesdicts sieurs de Bonne-C...... obiectèrent au Roy que leurs femmes avoyent grant honte d'estre ainsy nommées ez salles de compaignie; le Roy repartit que elles y perdroyent moult, pour ce que avecques les noms s'en alloyent les chouses.

Ce néantmoins octroya les lettres. Depuis ce temps ceste gent feut cogneue soubz ce nom, et se respandit en plusieurs provinces. Le premier sieur de Bonne-C...... vesquit encores vingt-sept années et eut ung aultre fils et deux filles. Ains il se douloyt de finer riche et de ne plus quester sa vie par les chemins.

De cecy vous tirerez ung des plus beaulx enseignemens et plus espaisses moralitez de tous les contes que vous lirez en vostre vie, horsmis bien seur ces dicts cent glorieux Contes drolaticques. Assavoir que iamais adventure de cet acabit ne seroyt escheue aux natures molles et flatries des gueux de Court, gens riches et aultres qui creusent leur tumbe avecques leurs dents en mangiant oultre mesure et beuvant force vins qui guastent les outils à faire la ioye, lesquels gens trez-pansus belutent sur de cousteuses merceries et licts de plumes, tandis que le sieur de Bonne-Chose couchioyt sur la dure. En semblable occurrence, s'ils avoyent mangié des choux, moult eussent chié pourrées. Cecy peut inciter plusieurs de ceulx qui liront cettuy Conte à changer de vie, à ceste fin d'imiter le Vieulx-parchemins en son aage.

unserem vielgeliebten König Ludwig dem Elften die verbriefte Erlaubnis erhielt, ihn in Strammsach abzuändern. Zwar gab der gute König Ludwig dem Herrn von Strammsack zu bedenken, daß es im Staate der Herren von Venedig eine weithin berühmte Familie namens *Coglioni* gebe, die drei wirklichkeitsgetreu dargestellte Hoden im Wappen führe. Unsere besagten Herren von Strammsack wendeten dem König gegenüber ein, daß ihre Frauen sich sehr schämten, in Gesellschaft mit ihrem Namen angesprochen zu werden. Der König erwiderte, daß diese dabei viel verlören, weil mit den Namen auch die Sachen verschwänden. Dennoch stellte er den Freibrief aus. Seit jener Zeit ist das Geschlecht unter diesem Namen bekannt und hat sich in mehreren Provinzen ausgebreitet. Der erste Herr von Strammsack lebte noch siebenundzwanzig Jahre und bekam einen weiteren Sohn sowie zwei Töchter. Doch es schmerzte ihn, reich zu sterben und seinen Lebensunterhalt nicht mehr herumstromernd erbetteln zu können.

Daraus mögt ihr eine der schönsten Lehren und nachdrücklichsten Nutzanwendungen ziehen, wie ihr sie in keiner Geschichte findet, die ihr in eurem Leben je lesen werdet, ausgenommen natürlich die hier vorliegenden hundert glorreichen tolldrastischen Geschichten. Daß nämlich ein Abenteuer wie dieses niemals den flauen und schlappen Gaunern am Hof, den Reichen und anderen widerfahren wäre, die sich selbst ihr Grab mit den Zähnen schaufeln, indem sie prassen und eine Unmenge Wein picheln, wodurch sie ihre freudenspendenden Werkzeuge beschädigen. Diese Fettwänste fiedeln auf kostbaren Stoffen und Federbetten herum, während der Herr von Strammsack auf dem harten Boden nächtigte. In ähnlicher Lage würden viele, wenn sie Kohl gegessen hätten, Lauch geschissen haben. Das mag einige von denen, die diese Geschichte lesen werden, veranlassen, ihr Leben zu ändern, um es dem alten Stromer in seinem hohen Alter gleichzutun.

– Ce spectacle est effrayant! s'écria-t-elle en sortant de la ménagerie de monsieur Martin.

Elle venait de contempler ce hardi spéculateur *travaillant* avec sa hyène, pour parler en style d'affiche.

– Par quels moyens, dit-elle en continuant, peut-il avoir apprivoisé ses animaux au point d'être assez certain de leur affection pour...

– Ce fait qui vous semble un problème, répondis-je en l'interrompant, est cependant une chose naturelle...

– Oh! s'écria-t-elle en laissant errer sur ses lèvres un sourire d'incrédulité.

– Vous croyez donc les bêtes entièrement dépourvues de passions? lui demandai-je, apprenez que nous pouvons leur donner tous les vices dus à notre état de civilisation.

Elle me regarda d'un air étonné.

– Mais, repris-je, en voyant monsieur Martin pour la première fois, j'avoue qu'il m'est échappé, comme à vous, une exclamation de surprise. Je me trouvais alors près d'un ancien militaire amputé de la jambe droite entré avec moi. Cette figure m'avait frappé. C'était une de ces têtes intrépides, marquées du sceau de la guerre et sur lesquelles sont écrites les batailles de Napoléon. Ce vieux soldat avait surtout un air de franchise et de gaieté qui me prévient toujours favorablement. C'était sans doute un de ces troupiers que rien ne surprend, qui trouvent matière à rire dans la dernière grimace d'un camarade, l'ensevelissent ou le dépouillent gaiement, interpellent les boulets avec autorité, dont enfin les délibérations sont courtes, et qui fraterniseraient
132 avec le diable. Après avoir regardé fort attentive-
133 ment le propriétaire de la ménagerie au moment où

«Das ist ja ein schreckliches Schauspiel!» rief sie aus, als wir Herrn Martins Tierschau verließen.

Sie hatte soeben diesem Wagehals bei der *Arbeit* mit seiner Hyäne zugeschaut, um es im Stil der Plakatankündigung auszudrücken.

«Mit welchen Mitteln», fuhr sie fort, «mag er wohl seine Tiere so gezähmt haben, daß er sich ihrer Zuneigung hinreichend sicher sein kann, um...»

«Dieser Sachverhalt, der Ihnen klärungsbedürftig zu sein scheint», unterbrach ich sie, «ist doch etwas ganz Natürliches...»

«So?» ließ sie sich vernehmen, wobei ein ungläubiges Lächeln um ihre Lippen huschte.

«Sie glauben also, Tiere seien ganz frei von Leidenschaften?» fragte ich sie. «Dann lassen Sie sich sagen, daß wir ihnen alle Laster weitergeben können, die wir unserer Zivilisation verdanken.»

Sie schaute mich verwundert an.

«Freilich gestehe ich», fuhr ich fort, «daß mir, genau wie Ihnen, ein Ausruf des Erstaunens entfahren ist, als ich Herrn Martin zum ersten Mal sah. Damals stand ich neben einem alten Soldaten, dem man das rechte Bein abgenommen hatte. Er war gleichzeitig mit mir eingetreten, und diese Gestalt war mir aufgefallen: eines jener vom Krieg geprägten Gesichter, auf denen die Schlachten Napoleons eingegraben sind. Dieser alte Krieger wirkte vor allem freimütig und heiter, was mich immer besticht. Gewiß war er einer von jenen Soldaten, die nichts überrascht, die noch die letzte Grimasse eines Kameraden zum Lachen finden, die ihn begraben oder ihm seelenvergnügt seine Habseligkeiten wegnehmen, die gebieterisch die saumseligen Gammler anbrüllen, mit Entschlüssen rasch bei der Hand sind und sich selbst mit dem Teufel verbrüdern würden. Nachdem mein Begleiter den Besitzer der Tierschau, der gerade aus dem Umkleideraum kam, sehr aufmerksam betrachtet hatte, kniff er die Lippen

il sortait de la loge, mon compagnon plissa ses lèvres de manière à formuler un dédain moqueur par cette espèce de moue significative que se permettent les hommes supérieurs pour se faire distinguer des dupes. Aussi, quand je me récriai sur le courage de monsieur Martin, sourit-il, et me dit-il d'un air capable en hochant la tête: – Connu!

– Comment, connu? lui répondis-je. Si vous voulez m'expliquer ce mystère, je vous serai très-obligé.

Après quelques instants pendant lesquels nous fîmes connaissance, nous allâmes dîner chez le premier restaurateur dont la boutique s'offrit à nos regards. Au dessert, une bouteille de vin de Champagne rendit aux souvenirs de ce curieux soldat toute leur clarté. Il me raconta son histoire et je vis qu'il avait eu raison de s'écrier: – *Connu!*

Rentré chez elle, elle me fit tant d'agaceries, tant de promesses, que je consentis à lui rédiger la confidence du soldat. Le lendemain elle reçut donc cet épisode d'une épopée qu'on pourrait intituler: Les Français en Egypte.

Lors de l'expédition entreprise dans la Haute-Egypte par le général Desaix, un soldat provençal, étant tombé au pouvoir des Maugrabins, fut emmené par ces Arabes dans les déserts situés au-delà des cataractes du Nil. Afin de mettre entre eux et l'armée française un espace suffisant pour leur tranquillité, les Maugrabins firent une marche forcée, et ne s'arrêtèrent qu'à la nuit. Ils campèrent autour d'un puits masqué par des palmiers, auprès desquels ils avaient précédemment enterré quelques provisions. Ne supposant pas que l'idée de fuir pût venir à leur prisonnier, ils se contentèrent de lui attacher les mains, et s'endormirent tous après avoir mangé
134 quelques dattes et donné de l'orge à leurs chevaux.
135 Quand le hardi Provençal vit ses ennemis hors d'é-

zusammen, um durch diese bezeichnende Schnute spöttische Verachtung zu bekunden, wie es sich die erlauchten Geister erlauben, damit sie von denen zu unterscheiden sind, die sich leicht an der Nase herumführen lassen. Er lächelte daher, als ich meine Bewunderung für Herrn Martins Mut ausdrückte und sagte zu mir kopfschüttelnd und mit abgeklärter Miene: ‹Das ist doch ein alter Hut!›»

«Wieso ein alter Hut?» fragte ich ihn. «Ich wäre Ihnen sehr verbunden, wenn Sie mir dieses Geheimnis erklären wollten.»

Nachdem wir uns kurz bekannt gemacht hatten, gingen wir zum Abendessen ins erstbeste Gasthaus, das uns vor Augen kam. Beim Nachtisch gab eine Flasche Champagner den Erinnerungen dieses merkwürdigen Soldaten wieder ihre ganze Frische zurück. Er erzählte mir seine Geschichte, und ich sah ein, daß er zu Recht «alter Hut!» ausgerufen hatte.

Als wir bei ihr zu Hause angekommen waren, setzte sie mir mit Sticheleien und Versprechungen derart zu, daß ich einwilligte, für sie aufzuzeichnen, was der Soldat mir anvertraut hatte. Tags darauf erhielt sie also die folgende Episode eines Heldengedichts, das man überschreiben könnte: «Die Franzosen in Ägypten».

Während des von General Desaix in Oberägypten unternommenen Feldzugs wurde ein provenzalischer Soldat, der den Berbern in die Hände gefallen war, von diesem Araberstamm in die jenseits der Nil-Wasserfälle gelegenen Wüsten entführt. Um zwischen sich und der französischen Armee für die eigene Sicherheit genügend Raumabstand zu schaffen, unternahmen die Berber einen Gewaltmarsch und legten erst in der Nacht eine Rast ein. Sie schlugen ihre Zelte um einen Brunnen herum auf, der durch Palmen getarnt war, neben denen sie früher einige Vorräte vergraben hatten. Da sie nicht glaubten, ihr Gefangener könnte an Flucht denken, begnügten sie sich damit, ihm die Hände zu fesseln und legten sich alle schlafen, nachdem sie einige Datteln gegessen und ihren Pferden Gerste gegeben hatten. Als der kühne Provenzale seine Feinde außerstande sah, ihn zu bewachen,

tat de le surveiller, il se servit de ses dents pour s'emparer d'un cimeterre, puis, s'aidant de ses genoux pour en fixer la lame, il trancha les cordes qui lui ôtaient l'usage de ses mains et se trouva libre. Aussitôt il se saisit d'une carabine et d'un poignard, se précautionna d'une provision de dattes sèches, d'un petit sac d'orge, de poudre et de balles; ceignit un cimeterre, monta sur un cheval, et piqua vivement dans la direction où il supposa que devait être l'armée française. Impatient de revoir un bivouac, il pressa tellement le coursier déjà fatigué, que le pauvre animal expira, les flancs déchirés, laissant le Français au milieu du désert.

Après avoir marché pendant quelque temps dans le sable avec tout le courage d'un forçat qui s'évade, le soldat fut forcé de s'arrêter, le jour finissait. Malgré la beauté du ciel pendant les nuits en Orient, il ne se sentit pas la force de continuer son chemin. Il avait heureusement pu gagner une éminence sur le haut de laquelle s'élançaient quelques palmiers, dont les feuillages aperçus depuis longtemps avaient réveillé dans son cœur les plus douces espérances. Sa lassitude était si grande qu'il se coucha sur une pierre de granit, capricieusement taillée en lit de camp, et s'y endormit sans prendre aucune précaution pour sa défense pendant son sommeil. Il avait fait le sacrifice de sa vie. Sa dernière pensée fut même un regret. Il se repentait déjà d'avoir quitté les Maugrabins dont la vie errante commençait à lui sourire, depuis qu'il était loin d'eux et sans secours. Il fut réveillé par le soleil, dont les impitoyables rayons, tombant d'aplomb sur le granit, y produisaient une chaleur intolérable. Or, le Provençal avait eu la maladresse de se placer en sens inverse de l'ombre projetée par les têtes verdoyantes et majestueuses des palmiers
136 . . . Il regarda ces arbres solitaires, et tressaillit! ils
137 lui rappelèrent les fûts élégants et couronnés de

bediente er sich seiner Zähne, um sich einen Krummsäbel anzueignen, nahm dann, um dessen Klinge festzustellen, die Knie zu Hilfe, schnitt die Stricke durch, die ihn am Gebrauch der Hände hinderten, und – war frei. Gleich schnappte er sich einen Karabiner und einen Dolch, versah sich mit einem Vorrat an getrockneten Datteln, einem Säckchen Gerste, Pulver und Kugeln, schnallte sich einen Krummsäbel um, bestieg ein Pferd und galoppierte kurzerhand in die Richtung fort, in der er das französische Heer vermutete. Vor Ungeduld, wieder ein Zeltlager zu sehen, spornte er das schon müde Streitroß so sehr an, daß das arme Tier mit zerfetzten Weichen verendete und den Franzosen mitten in der Wüste zurückließ.

Nachdem er einige Zeit mit dem ganzen Mut eines flüchtigen Sträflings im Wüstensand dahingestapft war, mußte der Soldat haltmachen; der Tag ging zu Ende. Trotz des schönen Himmels während der orientalischen Nächte fühlte er in sich nicht die Kraft, seinen Weg fortzusetzen. Zum Glück hatte er eine Anhöhe erreichen können, auf der einige Palmen in den Himmel ragten, deren Wedel, von ihm schon lange wahrgenommen, in seinem Herzen die süßesten Erwartungen geweckt hatten. Seine Müdigkeit war so groß, daß er sich auf einen eigentümlich wie ein Feldbett behauenen Granitblock legte und dort einschlief, ohne zum Schutze seines Schlummers irgendeine Vorsichtsmaßnahme zu treffen. Er hatte sein Leben als Opfer dargeboten. Sein letzter Gedanke war sogar ein Bedauern. Schon reute es ihn, daß er die Berber verlassen hatte, deren Wanderleben ihm zu gefallen begann, seitdem er ferne von ihnen und ohne Hilfe war. Er wurde von der Sonne geweckt, deren unerbittliche Strahlen senkrecht auf den Granit fielen und dort eine unerträgliche Hitze erzeugten. Nun hatte sich aber der Provenzale ungeschickterweise in entgegengesetzter Richtung zum Schatten hingelegt, den die grünen, stattlichen Kronen der Palmen warfen. Er betrachtete diese einsamen Bäume und fuhr zusammen, erinnerten sie ihn doch an die schlanken, für die maurischen Säulen der Kathedrale von Arles so bezeichnenden Schafte, die von langen Verzierungen in Blattform ge-

longues feuilles qui distinguent les colonnes sarrasines de la cathédrale d'Arles. Mais quand, après avoir compté les palmiers, il jeta les yeux autour de lui, le plus affreux désespoir fondit sur son âme. Il voyait un océan sans bornes. Les sables noirâtres du désert s'étendaient à perte de vue dans toutes les directions, et ils étincelaient comme une lame d'acier frappée par une vive lumière. Il ne savait pas si c'était une mer de glaces ou des lacs unis comme un miroir. Emportée par lames, une vapeur de feu tourbillonnait au-dessus de cette terre mouvante. Le ciel avait un éclat oriental d'une pureté désespérante, car il ne laisse alors rien à désirer à l'imagination. Le ciel et la terre étaient en feu. Le silence effrayait par sa majesté sauvage et terrible. L'infini, l'immensité, pressaient l'âme de toutes parts : pas un nuage au ciel, pas un souffle dans l'air, pas un accident au sein du sable agité par petites vagues menues ; enfin l'horizon finissait, comme en mer, quand il fait beau, par une ligne de lumière aussi déliée que le tranchant d'un sabre. Le Provençal serra le tronc d'un des palmiers, comme si c'eût été le corps d'un ami ; puis, à l'abri de l'ombre grêle et droite que l'arbre dessinait sur le granit, il pleura, s'assit et resta là, contemplant avec une tristesse profonde la scène implacable qui s'offrait à ses regards. Il cria comme pour tenter la solitude. Sa voix, perdue dans les cavités de l'éminence, rendit au loin un son maigre qui ne réveilla point d'écho ; l'écho était dans son cœur : le Provençal avait vingt-deux ans, il arma sa carabine.

– Il sera toujours bien temps ! se dit-il en posant à terre l'arme libératrice.

Regardant tour à tour l'espace noirâtre et l'espace bleu, le soldat rêvait à la France. Il sentait avec délice les ruisseaux de Paris, il se rappelait les villes par lesquelles il avait passé, les figures de ses camarades, et les plus légères circonstances de sa vie.

krönt sind. Als er aber, nachdem er die Palmen gezählt, um sich blickte, kam die schrecklichste Verzweiflung über seine Seele. Er sah ein endloses Meer. Soweit das Auge reichte, erstreckten sich nach allen Richtungen die schwärzlichen Sandmassen der Wüste und funkelten wie eine von grellem Schein getroffene stählerne Klinge. Er wußte nicht, ob das ein Eismeer war oder Seen, die sich wie zu einer spiegelglatten Fläche vereinigt hatten. Ein feuriger Dunst wirbelte, wellenartig dahingetragen, über diesen wandernden Boden. Der Himmel strahlte in einem morgenländischen Glanz von entmutigender Reinheit (denn er läßt so für die Vorstellungskraft keinen Spielraum mehr). Himmel und Erde standen in Flammen. Die Stille erschreckte durch ihre wilde, entsetzliche Erhabenheit. Unendlichkeit, Unermeßlichkeit bedrängten die Seele von allen Seiten: keine Wolke am Himmel, kein Hauch in der Luft, keine größere Unebenheit inmitten des von ganz winzigen Wellen bewegten Sandes; schließlich endete der Horizont, wie bei schönem Wetter überm Meer, in einer glänzenden Linie, die so fein war wie die Schneide eines Säbels. Der Provenzale drückte den Stamm einer Palme, als wäre es der Leib eines Freundes gewesen; im Schutze des schmalen, geraden Schattens, den der Baum auf den Granit zeichnete, weinte er, setzte sich nieder und verweilte; tieftraurig betrachtete er den abweisenden Schauplatz, der sich seinen Blicken darbot. Er brüllte, als wolle er die Einsamkeit herausfordern. Seine Stimme, die sich in den Mulden der Anhöhe verlor, löste in der Ferne einen dürftigen Ton aus, der keinerlei Widerhall hervorrief. Das Echo erklang nur in seinem Herzen: der Provenzale war zweiundzwanzig Jahre alt; er entsicherte seinen Karabiner.

«Das hat immer noch reichlich Zeit!» sagte er sich und legte die erlösungverheißende Waffe neben sich.

Abwechselnd betrachtete der Soldat die schwärzliche und die blaue Weite und dachte an Frankreich. Mit Wonne stellte er sich den Geruch der Gossen von Paris vor, erinnerte sich an die Städte, durch die er gekommen war, an die Gesichter seiner Kameraden und an die belanglosesten Einzelheiten seines Lebens. Schließlich gaukelte ihm die Phantasie des

Enfin, son imagination méridionale lui fit bientôt entrevoir les cailloux de sa chère Provence dans les jeux de la chaleur qui ondoyait au-dessus de la nappe étendue dans le désert. Craignant tous les dangers de ce cruel mirage, il descendit le revers opposé à celui par lequel il était monté, la veille, sur la colline. Sa joie fut grande en découvrant une espèce de grotte, naturellement taillée dans les immenses fragments de granit qui formaient la base de ce monticule. Les débris d'une natte annonçaient que cet asile avait été jadis habité. Puis à quelques pas il aperçut des palmiers chargés de dattes. Alors l'instinct qui nous attache à la vie se réveilla dans son cœur. Il espéra vivre assez pour attendre le passage de quelques Maugrabins, ou peut-être! entendrait-il bientôt le bruit des canons; car, en ce moment, Bonaparte parcourait l'Egypte. Ranimé par cette pensée, le Français abattit quelques régimes de fruits mûrs sous le poids desquels les dattiers semblaient fléchir, et il s'assura en goûtant cette manne inespérée, que l'habitant de la grotte avait cultivé les palmiers. La chair savoureuse et fraîche de la datte accusait en effet les soins de son prédécesseur. Le Provençal passa subitement d'un sombre désespoir à une joie presque folle. Il remonta sur le haut de la colline, et s'occupa pendant le reste du jour à couper un des palmiers inféconds qui, la veille, lui avaient servi de toit. Un vague souvenir lui fit penser aux animaux du désert; et, prévoyant qu'ils pourraient venir boire à la source perdue dans les sables qui apparaissait au bas des quartiers de roche, il résolut de se garantir de leurs visites en mettant une barrière à la porte de son ermitage. Malgré son ardeur, malgré les forces que lui donna la peur d'être dévoré pendant son sommeil, il lui fut impossible de couper le palmier en plusieurs morceaux dans cette journée; mais il réussit à l'abattre. Quand, vers le soir, ce roi du

Südfranzosen bald die Steine seiner geliebten Provence vor, in den Spielen nämlich, welche die Hitze trieb, die in der Wüste über dem weiten Sandmeer flirrte. Da er alle Gefahren dieses grausamen Trugbildes fürchtete, stieg er auf der Seite den Hügel hinab, die der tags zuvor erklommenen gegenüber lag. Er empfand große Freude, als er eine Art Höhle entdeckte, die von der Natur in die gewaltigen Granitreste gehauen war, welche den Unterbau dieses kleinen Hügels bildeten. Die Überbleibsel einer Matte wiesen darauf hin, daß dieser Zufluchtsort einst bewohnt gewesen war. Einige Schritte entfernt bemerkte er dann früchteschwere Dattelpalmen. Nun erwachte in seinem Herzen wieder der Trieb, der uns an das Leben bindet. Er hoffte, so lange am Leben zu bleiben, bis einige Berber vorüberkämen oder er würde – vielleicht! – bald Kanonendonner vernehmen, denn zu jener Zeit zog gerade Bonaparte durch Ägypten. Von diesem Gedanken aufgemuntert, schlug der Franzose etliche Büschel reifer Früchte ab, unter deren Gewicht die Dattelpalmen sich zu biegen schienen; und während er sich dieses unverhoffte Manna schmecken ließ, verschaffte er sich die Gewißheit, daß der Bewohner der Höhle die Bäume gepflanzt hatte. Das schmackhafte, frische Dattelfleisch verriet wirklich die Bemühungen seines Vorgängers. Die Stimmung des Provenzalen schlug plötzlich von finsterer Verzweiflung in fast irrsinnige Freude um. Er stieg wieder zum höchsten Punkt der Anhöhe hinauf und verbrachte den Rest des Tages damit, eine der nicht fruchttragenden Palmen umzuhauen, die ihm nachts zuvor Obdach geboten hatten. Eine schemenhafte Erinnerung ließ ihn an die Tiere der Wüste denken, und da er voraussah, daß sie zum Trinken an die Quelle kommen könnten, die sich im Sand verloren hatte und unten an den Felsblöcken wieder auftauchte, beschloß er, sich gegen ihre Besuche dadurch zu sichern, daß er am Eingang zu seiner Klause ein Hindernis aufbaute. Trotz seines Eifers, trotz der Kräfte, die ihm die Angst einflößte, während des Schlafes aufgefressen zu werden, war er außerstande, noch am gleichen Tag die Palme in mehrere Stücke zu zerschneiden; wohl aber gelang es ihm, sie zu fällen. Als gegen Abend

désert tomba, le bruit de sa chute retentit au loin, et ce fut comme un gémissement poussé par la solitude; le soldat en frémit comme s'il eût entendu quelque voix lui prédire un malheur. Mais, comme un héritier qui ne s'apitoie pas longtemps sur la mort d'un parent, il dépouilla ce bel arbre des larges et hautes feuilles vertes qui en sont le poétique ornement, et s'en servit pour réparer la natte sur laquelle il allait se coucher. Fatigué par la chaleur et le travail, il s'endormit sous les lambris rouges de sa grotte humide. Au milieu de la nuit son sommeil fut troublé par un bruit extraordinaire. Il se dressa sur son séant, et le silence profond qui régnait lui permit de reconnaître l'accent alternatif d'une respiration dont la sauvage énergie ne pouvait appartenir à une créature humaine. Une profonde peur, encore augmentée par l'obscurité, par le silence et par les fantaisies du réveil lui glaça le cœur. Il sentit même à peine la douloureuse contraction de sa chevelure quand, à force de dilater les pupilles de ses yeux, il aperçut dans l'ombre deux lueurs faibles et jaunes. D'abord il attribua ces lumières à quelque reflet de ses prunelles; mais bientôt, le vif éclat de la nuit l'aidant par degrés à distinguer les objets qui se trouvaient dans la grotte, il aperçut un énorme animal couché à deux pas de lui. Etait-ce un lion, un tigre, ou un crocodile? Le Provençal n'avait pas assez d'instruction pour savoir dans quel sous-genre était classé son ennemi; mais son effroi fut d'autant plus violent que son ignorance lui fit supposer tous les malheurs ensemble. Il endura le cruel supplice d'écouter, de saisir les caprices de cette respiration, sans en rien perdre, et sans oser se permettre le moindre mouvement. Une odeur aussi forte que celle exhalée par les renards, mais plus pénétrante, plus grave pour ainsi dire, remplissait la grotte; et
142 quand le Provençal l'eut dégustée du nez, sa terreur
143 fut au comble, car il ne pouvait plus révoquer en

diese Königin der Wüste umstürzte, hallte der Krach in der Ferne wider, es klang wie ein von der Einsamkeit ausgestoßenes Seufzen; den Soldaten schauderte es, als hätte er eine Stimme gehört, die ihm Unheil verhieß. Aber wie ein Erbe, der sich den Tod eines Angehörigen nicht lange zu Herzen gehen läßt, entkleidete er diesen schönen Baum der großen, langen, grünen Blätter, die seinen von Dichtern besungenen Schmuck bildeten, und verwandte sie, um die Matte auszubessern, auf der er zu nächtigen gedachte. Von der Hitze und Arbeit ermüdet, schlief er unter den rotschimmernden Wänden seiner feuchten Höhle ein. Mitten in der Nacht wurde sein Schlummer durch ein ungewöhnliches Geräusch gestört. Er richtete sich auf, und die tiefe Stille rundum ließ ihn das Auf und Ab eines Atemgeräusches erkennen, dessen wilde Kraft von keinem menschlichen Wesen stammen konnte. Abgründige Angst, noch gesteigert durch die Dunkelheit, die Stille und die befremdlichen Empfindungen beim Erwachen, lähmte ihm das Herz. Ja, er spürte kaum, wie seine Haare sich schmerzhaft sträubten, als er mit geweiteten Pupillen im Dunkeln zwei schwache, gelbe Schimmer wahrnahm. Zunächst schrieb er diese hellen Stellen irgendeinem Reiz zu, auf den vielleicht seine Pupillen angesprochen hatten; als er aber dank der kristallklaren Nacht die Gegenstände in der Höhle allmählich besser unterscheiden konnte, gewahrte er bald ein riesiges Tier, das zwei Schritt von ihm entfernt lag. War es ein Löwe, ein Tiger oder ein Krokodil? Der Provenzale war nicht kundig genug, um zu wissen, zu welcher Untergattung sein Widerpart gehörte; doch sein Entsetzen war um so heftiger, als seine Unkenntnis ihn an alles Unheil zugleich glauben ließ. Er durchlitt die grausame Marter, den unberechenbaren Wechsel dieser Atmung zu belauschen und aufzunehmen, ohne sich etwas davon entgehen zu lassen und ohne sich das Wagnis auch nur der geringsten Bewegung zu erlauben. Ein Geruch, stark wie die Ausdünstung der Füchse, aber durchdringender, schwerer sozusagen, erfüllte die Höhle, und als der Provenzale ihn durch Schnuppern geprüft hatte, erreichte sein Entsetzen den Höhepunkt, denn er konnte die Anwesenheit des furchtbaren Gesellen,

doute l'existence du terrible compagnon, dont l'antre royal lui servait de bivouac. Bientôt les reflets de la lune qui se précipitait vers l'horizon éclairant la tanière firent insensiblement resplendir la peau tachetée d'une panthère. Ce lion d'Egypte dormait, roulé comme un gros chien, paisible possesseur d'une niche somptueuse à la porte d'un hôtel; ses yeux, ouverts pendant un moment, s'étaient refermés. Il avait la face tournée vers le Français. Mille pensées confuses passèrent dans l'âme du prisonnier de la panthère; d'abord il voulut la tuer d'un coup de fusil; mais il s'aperçut qu'il n'y avait pas assez d'espace entre elle et lui pour l'ajuster, le canon aurait dépassé l'animal. Et s'il l'éveillait? Cette hypothèse le rendit immobile. En écoutant battre son cœur au milieu du silence, il maudissait les pulsations trop fortes que l'affluence du sang y produisait, redoutant de troubler ce sommeil qui lui permettait de chercher un expédient salutaire. Il mit la main deux fois sur son cimeterre dans le dessein de trancher la tête à son ennemi; mais la difficulté de couper un poil ras et dur l'obligea de renoncer à ce hardi projet. – La manquer? ce serait mourir sûrement, pensa-t-il. Il préféra les chances d'un combat, et résolut d'attendre le jour. Et le jour ne se fit pas longtemps désirer. Le Français put alors examiner la panthère; elle avait le museau teint de sang. – Elle a bien mangé! ... pensa-t-il sans s'inquiéter si le festin avait été composé de chair humaine, elle n'aura pas faim à son réveil.

C'était une femelle. La fourrure du ventre et des cuisses étincelait de blancheur. Plusieurs petites taches, semblables à du velours, formaient de jolis bracelets autour des pattes. La queue musculeuse était également blanche, mais terminée par des an-
144 neaux noirs. Le dessus de la robe, jaune comme de
145 l'or mat, mais bien lisse et doux, portait ces mou-

dessen königliche Höhle ihm als Nachtlager diente, nicht mehr in Zweifel ziehen. Bald erhellten die Strahlen des Mondes, der sich rasch dem Horizont näherte, den Bau und ließen allmählich das gefleckte Fell eines Panthers aufleuchten. Dieser ägyptische Löwe schlief, zusammengerollt wie ein großer Hund, friedliebender Besitzer einer prächtigen Hütte vor einem herrschaftlichen Haus; seine für einen Augenblick geöffneten Augen hatten sich wieder geschlossen. Das Gesicht war dem Franzosen zugewandt. Tausend wirre Gedanken kamen dem Gefangenen des Panthers in den Sinn; zuerst wollte er ihn mit einem Gewehrschuß töten; doch er merkte, daß der Abstand zwischen ihnen beiden nicht genügte, und hätte er gezielt, würde der Gewehrlauf über das Tier hinausgereicht haben. Und wenn er es aufweckte? Diese Vorstellung ließ ihn erstarren. Als er inmitten der Stille ringsum sein Herz klopfen hörte, verfluchte er die allzu heftigen Pulsschläge, die der Blutandrang hervorrief, aus Furcht, diesen Schlaf zu stören, der es ihm erlaubte, nach einem rettenden Ausweg zu forschen. Zweimal ergriff er seinen Krummsäbel, um seinem Feind das Haupt abzuschlagen; doch die Schwierigkeit, ein glattes, hartes Fell zu durchhauen, zwang ihn, diesen kühnen Plan aufzugeben. «Und ein Fehlschuß? Das wäre der sichere Tod», überlegte er sich. Er wollte es lieber auf einen Kampf ankommen lassen und beschloß, den Morgen abzuwarten. Und der Morgen ließ nicht lange auf sich warten. Nun konnte der Franzose den Panther mustern; sein Maul war blutbefleckt. «Er hat gut gespeist», dachte er sich, ohne sich beunruhigt zu fragen, ob der Festschmaus aus Menschenfleisch bestanden habe; «wenn das Tier erwacht, wird es jedenfalls keinen Hunger haben.»

Es war ein Weibchen. Das Fell am Bauch und an den Schenkeln war strahlend weiß. Mehrere kleine samtartige Flecken formten sich um die Tatzen zu hübschen Armbändern. Der muskulöse Schwanz war ebenfalls weiß, hatte aber am Ende schwarze Ringe. Das Oberteil des Fellkleides, gelb wie mattes Gold, aber sehr geschmeidig und weich, wies jene bezeichnenden, farblich abgestuften Sprenkelungen in Ro-

chetures caractéristiques, nuancées en forme de roses, qui servent à distinguer les panthères des autres espèces de *felis*. Cette tranquille et redoutable hôtesse ronflait dans une pose aussi gracieuse que celle d'une chatte couchée sur le coussin d'une ottomane. Ses sanglantes pattes, nerveuses et bien armées, étaient en avant de sa tête qui reposait dessus, et de laquelle partaient ces barbes rares et droites, semblables à des fils d'argent. Si elle avait été ainsi dans une cage, le Provençal aurait certes admiré la grâce de cette bête et les vigoureux contrastes des couleurs vives qui donnaient à sa simarre un éclat impérial; mais en ce moment il sentait sa vue troublée par cet aspect sinistre. La présence de la panthère, même endormie, lui faisait éprouver l'effet que les yeux magnétiques du serpent produisent, dit-on, sur le rossignol. Le courage du soldat finit par s'évanouir un moment devant ce danger, tandis qu'il se serait sans doute exalté sous la bouche des canons vomissant la mitraille. Cependant, une pensée intrépide, se fit jour en son âme, et tarit, dans sa source, la sueur froide qui lui découlait du front. Agissant comme les hommes qui, poussés à bout par le malheur, arrivent à défier la mort et s'offrent à ces coups, il vit sans s'en rendre compte une tragédie dans cette aventure, et résolut d'y jouer son rôle avec honneur jusqu'à la dernière scène.

– Avant-hier, les Arabes m'auraient peut-être tué?... se dit-il. Se considérant comme mort, il attendit bravement et avec une inquiète curiosité le réveil de son ennemi. Quand le soleil parut, la panthère ouvrit subitement les yeux; puis elle étendit violemment ses pattes, comme pour les dégourdir et dissiper des crampes. Enfin elle bâilla, montrant ainsi l'épouvantable appareil de ses dents et sa
146 langue fourchue, aussi dure qu'une râpe. – C'est
147 comme une petite maîtresse! ... pensa le Français

senform auf, die es ermöglichen, die Panther von den anderen Wildkatzenarten zu unterscheiden. Diese entspannte und furchteinflößende Gastgeberin lag schnarchend in einer ebenso anmutsvollen Haltung da wie eine Katze auf dem Kissen einer Ottomane. Ihre blutigen, kräftigen und wohlbewehrten Pranken waren vor dem Kopf ausgestreckt, der darauf ruhte und von dem diese spärlichen, aufgerichteten Schnurrhaare abstanden, die wie Silberfäden aussahen. Hätte sie so in einem Käfig gelegen, würde der Provenzale gewiß ihre Anmut und die starken Gegensätze der lebhaften Farben bewundert haben, die ihrem Pelzkleid kaiserlichen Glanz verliehen; doch jetzt eben fühlte er seinen Blick durch dieses unheimliche Bild getrübt.

Die Anwesenheit der Raubkatze, selbst der schlafenden, wirkte auf ihn genauso wie – angeblich – der starre Blick der Schlange auf die Nachtigall. Angesichts dieser Gefahr kam dem Soldaten schließlich einen Augenblick die Beherztheit abhanden, während er feuerspeienden Kanonenschlünden gegenüber gewiß in Begeisterung geraten wäre. Dennoch keimte in ihm ein unerschrockener Gedanke auf und brachte den kalten Schweiß, der ihm von der Stirne lief, schon an der Quelle zum Versiegen. Der Franzose handelte wie die Menschen, die, vom Unglück zum Äußersten getrieben, schließlich dem Tod trotzen und sich seinen Schlägen stellen; er sah in diesem Abenteuer, ohne sich dessen bewußt zu werden, eine Tragödie und beschloß, in ihr seine Rolle ehrenvoll bis zum letzten Auftritt zu spielen.

«Leicht hätten mich vorgestern die Araber töten können», sagte er sich. Da er sich als tot betrachtete, wartete er tapfer und mit unruhiger Neugierde das Erwachen seiner Feindin ab. Als die Sonne aufging, öffnete die Pantherkatze plötzlich die Augen; dann streckte sie kraftvoll die Pranken aus, als wolle sie diese wieder gelenkig machen und Krampfzustände lösen. Schließlich gähnte sie und zeigte dabei das furchtbare Gehege ihrer Zähne sowie ihre gespaltene Zunge, die rauh wie eine Raspel war. «Sie ist wie ein niedlicher Bettschatz», dachte der Franzose, als er sah, wie

en la voyant se rouler et faire les mouvements les plus doux et les coquets. Elle lécha le sang qui teignait ses pattes, son museau, et se gratta la tête par des gestes réitérés pleins de gentillesse. – Bien ! . . . Fais un petit bout de toilette ! . . . dit en lui-même le Français qui retrouva sa gaieté en reprenant du courage, nous allons nous souhaiter le bonjour. Et il saisit le petit poignard court dont il avait débarrassé les Maugrabins.

En ce moment, la panthère retourna la tête vers le Français, et le regarda fixement sans avancer. La rigidité de ses yeux métalliques et leur insupportable clarté firent tressaillir le Provençal, surtout quand la bête marcha vers lui ; mais il la contempla d'un air caressant, et la guignant comme pour la magnétiser, il la laissa venir près de lui ; puis, par un mouvement aussi doux, aussi amoureux que s'il avait voulu caresser la plus jolie femme, il lui passa la main sur tout le corps, de la tête à la queue, en irritant avec ses ongles les flexibles vertèbres qui partageaient le dos jaune de la panthère. La bête redressa voluptueusement sa queue, ses yeux s'adoucirent ; et quand, pour la troisième fois, le Français accomplit cette flatterie intéressée, elle fit entendre un de ces *rourou* par lequels nos chats expriment leur plaisir ; mais ce murmure partait d'un gosier si puissant et si profond, qu'il retentit dans la grotte comme les derniers ronflements des orgues dans une église. Le Provençal, comprenant l'importance de ses caresses, les redoubla de manière à étourdir, à stupéfier cette courtisane impérieuse. Quand il se crut sûr d'avoir éteint la férocité de sa capricieuse compagne, dont la faim avait été si heureusement assouvie la veille, il se leva et voulut sortir de la grotte ; la panthère le laissa bien partir, mais quand il eut gravi la colline, elle bondit avec la
148 légèreté des moineaux sautant d'une branche à une
149 autre, et vint se frotter contre les jambes du soldat

sie sich hin und her rollte und sich überaus reizvoll und verführerisch bewegte. Sie leckte das Blut ab, das ihr die Pranken und das Maul färbte, und kratzte sich mit Gebärden voller Anmut wiederholt den Kopf. «Na gut! Putz dich nur ein wenig und mach dich schön!» sagte der Franzose bei sich, der mit dem Mut auch seine Heiterkeit wieder fand; wir wollen uns dann «Guten Tag!» wünschen. Und er ergriff den kleinen, kurzen Dolch, um den er die Berber erleichtert hatte.

In diesem Augenblick wandte die Raubkatze dem Franzosen den Kopf zu und betrachtete ihn unentwegt, ohne näherzukommen. Die Starre und die unerträgliche Helligkeit ihrer metallisch funkelnden Augen ließen den Provenzalen erzittern, besonders als das Tier sich auf ihn zu bewegte; aber er schaute es zärtlich an, liebäugelte mit ihm, als wolle er es in seinen Bann schlagen und ließ es nahe an sich heran; dann fuhr er ihm mit einer so sanften und liebevollen Bewegung, als wollte er die hübscheste Frau streicheln, mit der Hand über den ganzen Körper, vom Kopf bis zum Schwanz, wobei er mit seinen Fingernägeln die beweglichen Wirbel reizte, die den gelben Rücken des Panthers teilten. Lüstern stellte das Tier seinen Schweif wieder auf, seine Augen wurden sanft, und als der Franzose zum dritten Mal diese von Eigennutz bestimmte Liebkosung vornahm, ließ es einen jener Schnurrlaute vernehmen, womit unsere Katzen ihr Behagen ausdrücken; aber dieses Schnurren kam aus so gewaltiger und so tiefer Kehle, daß es in der Höhle wie das letzte Dröhnen einer Kirchenorgel klang. Der Provenzale, der die Bedeutung seiner Zärtlichkeiten begriff, verdoppelte sie, um diese herrische Buhlerin zu betören und einzulullen. Als er sich sicher glaubte, die Wildheit seiner launischen Gefährtin gezähmt zu haben, deren Hunger zum Glück am Vorabend gestillt worden war, stand er auf und wollte die Höhle verlassen; die Pantherkatze ließ ihn auch ziehen, doch als er die Anhöhe bestiegen hatte, sprang sie mit der Leichtigkeit eines von Ast zu Ast hüpfenden Spatzen hinter ihm drein und rieb sich an seinen Beinen, wobei sie nach Katzenart einen Buckel machte. Dann

en faisant le gros dos à la manière des chattes. Puis, regardant son hôte d'un œil dont l'éclat était devenu moins inflexible, elle jeta ce cri sauvage que les naturalistes comparent au bruit d'une scie.

– Elle est exigeante! s'écria le Français en souriant. Il essaya de jouer avec les oreilles, de lui caresser le ventre et lui gratter fortement la tête avec ses ongles. Et, s'apercevant de ses succès, il lui chatouilla le crâne avec la pointe de son poignard, en épiant l'heure de la tuer; mais la dureté des os le fit trembler de ne pas réussir.

La sultane du désert agréa les talents de son esclave en levant la tête, en tendant le cou, en accusant son ivresse par la tranquillité de son attitude. Le Français songea soudain que, pour assassiner d'un seul coup cette farouche princesse, il fallait la poignarder dans la gorge, et il levait la lame, quand la panthère, rassasiée sans doute, se coucha gracieusement à ses pieds en jetant de temps en temps des regards où, malgré une rigueur native, se peignait confusément de la bienveillance. Le pauvre Provençal mangea ses dattes, en s'appuyant sur un des palmiers; mais il lançait tour à tour un œil investigateur sur le désert pour y chercher des libérateurs et sur sa terrible compagne pour en épier la clémence incertaine. La panthère regardait l'endroit où les noyaux de datte tombaient, chaque fois qu'il en jetait un, et ses yeux exprimaient alors une incroyable méfiance. Elle examinait le Français avec une prudence commerciale; mais cet examen lui fut favorable, car lorsqu'il eut achevé son maigre repas, elle lui lécha ses souliers, et, d'une langue rude et forte, elle en enleva miraculeusement la poussière incrustée dans les plis.

– Mais quand elle aura faim? ... pensa le Provençal. Malgré le frisson que lui causa son idée, le
150 soldat se mit à mesurer curieusement les propor-
151 tions de la panthère, certainement un des plus

beobachtete sie ihren Gast mit einem Blick, der weniger unerbittlich geworden war, und stieß jenen wilden Schrei aus, den die Naturforscher mit dem Kreischen einer Säge vergleichen.

«Sie ist anspruchsvoll!» rief der Franzose lächelnd. Er versuchte, mit ihren Ohren zu spielen, ihr den Bauch zu streicheln und mit den Fingernägeln kräftig den Kopf zu kraulen. Und als er seine Erfolge bemerkte, kitzelte er ihr den Schädel mit der Spitze seines Dolches. Dabei paßte er den Augenblick ab, da er sie töten könnte; doch die Härte der Knochen ließ ihn schaudern bei dem Gedanken, es würde ihm mißlingen.

Die Wüstensultanin nahm die Fertigkeiten ihres Sklaven günstig auf: sie hob den Kopf, hielt den Hals hin und verriet durch ihre ruhige Haltung ihren Sinnenrausch. Plötzlich kam dem Franzosen der Gedanke, daß er ihr den Dolch in die Kehle stoßen müsse, wollte er diese wilde Prinzessin mit einem einzigen Stich umbringen. Er hob die Klinge, als die Pantherkatze, wahrscheinlich weil sie zufriedengestellt war, sich anmutig ihm zu Füßen legte und ihm gelegentlich Blicke zuwarf, in denen, trotz angeborener Härte, so etwas wie Wohlwollen zum Ausdruck kam. An eine der Palmen gelehnt, verzehrte der arme Provenzale seine Datteln; doch warf er abwechselnd einen Späherblick über die Wüste, um dort Befreier ausfindig zu machen, und auf seine furchteinflößende Gefährtin, um deren zweifelhafte Milde zu belauern. Jedesmal wenn er einen Dattelkern wegwarf, betrachtete die Pantherin die Stelle, wo er hinfiel, und ihre Augen drückten dann unsägliches Mißtrauen aus. Sie musterte den Franzosen mit geschäftsmäßiger Vorsicht; doch diese Prüfung verlief für ihn günstig; denn als er mit seinem bescheidenen Mahl fertig war, leckte sie ihm die Schuhe ab und entfernte ihm auf verblüffende Weise mit ihrer rauhen, kräftigen Zunge den Staub, der sich in den Falten festgesetzt hatte.

«Wenn sie aber Hunger bekommt?» dachte der Provenzale. Trotz dcs Schauders, den ihm sein Gedanke einflößte, fing der Soldat an, neugierig die Körpermaße des Tieres abzuschätzen, das gewiß eines der schönsten seiner Gattung

beaux individus de l'espèce, car elle avait trois pieds de hauteur et quatre pieds de longueur, sans y comprendre la queue. Cette arme puissante, ronde comme un gourdin, était haute de près de trois pieds. La tête, aussi grosse que celle d'une lionne, se distinguait par une rare expression de finesse; la froide cruauté des tigres y dominait bien, mais il y avait aussi une vague ressemblance avec la physionomie d'une femme artificieuse. Enfin la figure de cette reine solitaire révélait en ce moment une sorte de gaieté semblable à celle de Néron ivre: elle s'était désaltérée dans le sang et voulait jouer. Le soldat essaya d'aller et de venir, la panthère le laissa libre, se contentant de le suivre des yeux, ressemblant ainsi moins à un chien fidèle qu'à un gros angora inquiet de tout, même des mouvements de son maître. Quand il se retourna, il aperçut du côté de la fontaine les restes de son cheval, la panthère en avait traîné jusque-là le cadavre. Les deux tiers environ étaient dévorés. Ce spectacle rassura le Français. Il lui fut facile alors d'expliquer l'absence de la panthère, et le respect qu'elle avait eu pour lui pendant son sommeil. Ce premier bonheur l'enhardissant à tenter l'avenir, il conçut le fol espoir de faire bon ménage avec la panthère pendant toute la journée, en ne négligeant aucun moyen de l'apprivoiser et de se concilier ses bonnes grâces. Il revint près d'elle et eut l'ineffable bonheur de lui voir remuer la queue par un mouvement presque insensible. Il s'assit alors sans crainte auprès d'elle, et ils se mirent à jouer tous les deux, il lui prit les pattes, le museau, lui tournilla les oreilles, la renversa sur le dos, et gratta fortement ses flancs chauds et soyeux. Elle se laissa faire, et quand le soldat essaya de lui lisser le poil des pattes, elle rentra soigneusement ses ongles recourbés comme des damas.
152 Le Français qui gardait une main sur son poignard,
153 pensait encore à le plonger dans le ventre de la trop

war, denn es war drei Fuß hoch und vier Fuß lang, den Schwanz nicht mitgerechnet. Diese mächtige, knüppeldicke Waffe maß fast drei Fuß. Der Kopf, mächtig wie der einer Löwin, zeichnete sich durch einen seltenen Ausdruck von Verschmitztheit aus; wohl herrschte die Grausamkeit des Tigers vor, doch es bestand auch eine entfernte Ähnlichkeit mit dem Gesicht einer sehr stilisierten Frau. Und schließlich offenbarte das Antlitz dieser einsamen Königin in diesem Augenblick eine Art von Frohsinn, der dem des trunkenen Nero ähnelte: sie hatte ihren Durst gestillt und wollte nun spielen. Der Soldat versuchte, hin- und herzugehen; die Pantherin ließ ihn gewähren und begnügte sich damit, ihm mit den Blicken zu folgen; dabei erinnerte sie weniger an einen treuen Hund als an eine große Angorakatze, die durch alles beunruhigt wird, selbst durch die Bewegungen ihres Herrn. Als er sich umdrehte, bemerkte er neben dem Brunnen die Reste seines Pferdes; bis dorthin hatte das Pantherweibchen dessen Kadaver geschleppt. Etwa zwei Drittel waren verschlungen. Dieser Anblick machte dem Franzosen wieder Mut. Er konnte sich nun die Abwesenheit der Pantherin leicht erklären sowie die Rücksicht, die sie ihm während seines Schlafes entgegengebracht hatte. Da dieser erste Glücksfall ihn bestärkte, die Zukunft auf die Probe zu stellen, begann er die wahnwitzige Hoffnung zu hegen, mit der Raubkatze während des ganzen Tags gut auszukommen, wenn er kein Mittel unberücksichtigt ließe, sie zu zähmen und bei guter Laune zu halten.

Er ging zu ihr zurück und erlebte das unsagbare Glück, daß sie kaum merklich den Schweif rührte. Nun setzte er sich furchtlos neben sie, und sie fingen beide zu spielen an; er faßte sie bei den Tatzen, am Maul, drehte ihr die Ohren hin und her, warf sie auf den Rücken und kraulte ihr gehörig die warmen, seidigen Flanken. Sie ließ es zu, und als der Soldat versuchte, ihr das Haar an den Tatzen glattzustreichen, zog sie rücksichtsvoll ihre Krallen ein, die gebogen waren wie Damaszenerklingen. Der Franzose, der die eine Hand an seinem Dolch behielt, dachte noch immer daran, ihn der allzu vertrauensseligen

confiante panthère; mais il craignit d'être immédiatement étranglé dans la dernière convulsion qui l'agiterait. Et d'ailleurs, il entendit dans son cœur une sorte de remords qui lui criait de respecter une créature inoffensive. Il lui semblait avoir trouvé une amie dans ce désert sans bornes. Il songea involontairement à sa première maîtresse, qu'il avait surnommée *Mignonne* par antiphrase, parce qu'elle était d'une si atroce jalousie, que pendant tout le temps que dura leur passion, il eut à craindre le couteau dont elle l'avait toujours menacé. Ce souvenir de son jeune âge lui suggéra d'essayer de faire répondre à ce nom la jeune panthère de laquelle il admirait, maintenant avec moins d'effroi, l'agilité, la grâce et la mollesse.

Vers la fin de la journée, il s'était familiarisé avec sa situation périlleuse, et il en aimait presque les angoisses. Enfin sa compagne avait fini par prendre l'habitude de le regarder quand il criait en voix de fausset «*Mignonne.*» Au coucher du soleil, Mignonne fit entendre à plusieurs reprises un cri profond et mélancolique.

– Elle est bien élevée! ... pensa le gai soldat; elle dit ses prières! ... Mais cette plaisanterie mentale ne lui vint en l'esprit que quand il eut remarqué l'attitude pacifique dans laquelle restait sa camarade. – Va, ma petite blonde, je te laisserai coucher la première, lui dit-il en comptant bien sur l'activité de ses jambes pour s'évader au plus vite quand elle serait endormie, afin d'aller chercher un autre gîte pendant la nuit. Le soldat attendit avec impatience l'heure de sa fuite, et quand elle fut arrivée, il marcha vigoureusement dans la direction du Nil; mais à peine eut-il fait un quart de lieue dans les sables qu'il entendit la panthère bondissant derrière lui, et jetant par intervalles ce cri de scie,
154 plus effrayant encore que le bruit lourd de ces
155 bonds.

Pantherdame in den Bauch zu stoßen; aber er fürchtete, in der letzten Zuckung, die sie befiele, erwürgt zu werden. Und überdies meldete sich in seinem Herzen so etwas wie ein schlechtes Gewissen und rief ihm zu, ein Geschöpf zu schonen, das ihm selbst nichts getan hatte. Ihm war, als habe er in dieser grenzenlosen Wüste eine Freundin gefunden. Unwillkürlich dachte er an seine erste Geliebte, die er spöttisch «Herzchen» genannt hatte, weil sie so entsetzlich eifersüchtig war, daß er, solange ihre Leidenschaft andauerte, die ganze Zeit das Messer fürchten mußte, mit dem sie ihn immer bedroht hatte. Diese Erinnerung an seine Jugend brachte ihn auf den Gedanken, die Pantherdame, an der er, jetzt mit weniger Schrecken, die Behendigkeit, Anmut und Schläfrigkeit bewunderte, versuchsweise bei diesem Namen zu rufen.

Gegen Ende des Tages war er mit seiner gefährlichen Lage vertraut geworden und liebte fast die mit ihr verbundenen Bangigkeiten.

Seine Gefährtin hatte sich schließlich daran gewöhnt, ihn anzuschauen, wenn er mit Fistelstimme «Herzchen!» rief. Bei Sonnenuntergang stieß Herzchen mehrmals einen tiefen, schwermütigen Schrei aus.

«Sie ist gut erzogen», dachte der heiter gestimmte Soldat; «sie verrichtet ihr Abendgebet.» Aber dieser gedankliche Scherz kam ihm erst in den Sinn, als er die friedliche Haltung bemerkt hatte, in der seine Kameradin verharrte. «Na, mein Blondchen, geh nur zuerst schlafen!» sagte er zu ihr und setzte dabei seine Hoffnung auf die Tüchtigkeit seiner Beine, die ihm, sobald sie eingeschlafen wäre, helfen würden, sich schnellstens aus dem Staube zu machen und nach einem anderen Nachtquartier umzusehen. Ungeduldig wartete der Soldat die Stunde seiner Flucht ab, und als es soweit war, marschierte er entschlossen in Richtung Nil; kaum aber hatte er eine Viertelmeile im Wüstensand zurückgelegt, als er hörte, wie die Pantherkatze hinter ihm hersprang und immer wieder jenes Kreischen ausstieß, das noch erschreckender war als das von ihren Sprüngen verursachte dumpfe Geräusch.

– Allons! se dit-il, elle m'a pris en amitié! ... Cette jeune panthère n'a peut-être encore rencontré personne, il est flatteur d'avoir son premier amour! En ce moment le Français tomba dans un de ces sables mouvants si redoutables pour les voyageurs, et d'où il est impossible de se sauver. En se sentant pris, il poussa un cri d'alarme, la panthère le saisit avec ses dents par le collet; et, sautant avec vigueur en arrière, elle le tira du gouffre, comme par magie.
– Ah! Mignonne, s'écria le soldat, en la caressant avec enthousiasme, c'est entre nous maintenant à la vie à la mort. Mais pas de farces? Et il revint sur ses pas.

Le désert fut dès lors comme peuplé. Il renfermait un être auquel le Français pouvait parler, et dont la férocité s'était adoucie pour lui, sans qu'il s'expliquât les raisons de cette incroyable amitié. Quelque puissant que fût le désir du soldat de rester debout et sur ses gardes, il dormit. A son réveil, il ne vit plus Mignonne; il monta sur la colline, et dans le lointain, il l'aperçut accourant par bonds, suivant l'habitude de ces animaux, auxquels la course est interdite par l'extrême flexibilité de leur colonne vertébrale. Mignonne arriva les babines sanglantes, elle reçut les caresses nécessaires que lui fit son compagnon, en témoignant même par plusieurs *rourou* graves combien elle en était heureuse. Ses yeux pleins de mollesse se tournèrent avec encore plus de douceur que la veille sur le Provençal, qui lui parlait comme à un animal domestique.

– Ah! ah! mademoiselle, car vous êtes une honnête fille, n'est-ce pas? Voyez-vous ça? ... Nous aimons à être câlinée. N'avez-vous pas honte? Vous avez mangé quelque Maugrabin? – Bien! C'est pourtant des animaux comme vous! ... Mais n'allez pas gruger les Français au moins... Je ne vous aimerais plus!

«Nanu!» sagte er sich, «sie hat mich ins Herz geschlossen! Diese junge Pantherdame hat vielleicht noch nie jemanden getroffen; es ist schmeichelhaft, ihre erste Liebe zu sein!» In diesem Augenblick fiel der Franzose in eine jener für Reisende so tückischen Wanderdünen, aus denen man sich unmöglich selbst befreien kann. Als er sich in der Falle wußte, stieß er einen Schreckensschrei aus, die Pantherkatze packte ihn mit ihren Zähnen am Rockkragen, tat einen kraftvollen Sprung rückwärts und entriß ihn so wie durch Zauberei dem Abgrund. «Oh, Herzchen!» rief der Soldat und streichelte sie überschwenglich, «wir sind jetzt auf Gedeih und Verderb miteinander verbunden. Doch wirst du auch keine Dummheiten machen?» Und er kehrte wieder um.

Die Wüste war von nun an gleichsam belebt. Es gab in ihr ein Wesen, mit dem der Franzose sprechen konnte und dessen Wildheit sich seinetwegen gemildert hatte, ohne daß er sich die Gründe dieser unglaublichen Freundschaft erklären konnte. Wie mächtig auch der Wunsch des Soldaten war, auf den Beinen zu bleiben und die Augen offenzuhalten, der Schlaf übermannte ihn. Als er aufwachte, war Herzchen nicht mehr da. Er stieg auf den Hügel und sah sie aus der Ferne in Sätzen herankommen, wie es die Art dieser Tiere ist, die wegen der außergewöhnlichen Beweglichkeit ihrer Wirbelsäule nicht auf die übliche Weise zu laufen vermögen. Herzchen erschien mit blutigen Lefzen und erhielt von ihrem Gefährten die nötigen Liebkosungen; durch mehrmaliges ernstes Schnurren tat sie kund, wie beglückt sie darüber war. Ihre Augen voller Sanftmut wandten sich mit noch größerer Milde als am Vorabend dem Provenzalen zu, der zu ihr wie mit einem Haustier sprach.

«Ei, ei, gnädiges Fräulein, denn Sie sind doch ein anständiges Mädchen, nicht wahr? Sieh mal einer an! . . . Wir wollen geschmeichelt sein. Schämen Sie sich denn nicht? Haben Sie irgendeinen Berber verzehrt? Nun gut! Das sind ja auch nur Tiere! Aber verschlingen Sie mir wenigstens keine Franzosen. Sonst wäre es mit meiner Liebe zu Ihnen aus!»

Elle joua comme un jeune chien joue avec son maître, se laissant rouler, battre et flatter tour à tour; et parfois elle provoquait le soldat en avançant la patte sur lui, par un geste de solliciteur.

Quelques jours se passèrent ainsi. Cette compagnie permit au Provençal d'admirer les sublimes beautés du désert. Du moment où il y trouvait des heures de crainte et de tranquillité, des aliments, et une créature à laquelle il pensait, il eut l'âme agitée par des contrastes... C'était une vie pleine d'oppositions. La solitude lui révéla tous ses secrets, l'enveloppa de ses charmes. Il découvrit dans le lever et le coucher du soleil des spectacles inconnus au monde. Il sut tressaillir en entendant au-dessus de sa tête le doux sifflement des ailes d'un oiseau, – rare passager! – en voyant les nuages se confondre, – voyageurs changeants et colorés! Il étudia pendant la nuit les effets de la lune sur l'océan des sables où le simoûn produisait des vagues, des ondulations et de rapides changements. Il vécut avec le jour de l'Orient, il en admira les pompes merveilleuses; et souvent, après avoir joui du terrible spectacle d'un ouragan dans cette plaine où les sables soulevés produisaient des brouillards rouges et secs, des nuées mortelles, il voyait venir la nuit avec délices, car alors tombait la bienfaisante fraîcheur des étoiles. Il écouta des musiques imaginaires dans les cieux. Puis la solitude lui apprit à déployer les trésors de la rêverie. Il passait des heures entières à se rappeler des riens, à comparer sa vie passée à sa vie présente. Enfin il se passionna pour sa panthère; car il lui fallait bien une affection. Soit que sa volonté, puissamment projetée, eût modifié le caractère de sa compagne, soit qu'elle trouvât une nourriture abondante, grâce aux combats qui se livraient alors dans ces déserts, elle respecta la vie
158 du Français, qui finit par ne plus s'en défier en
159 la voyant si bien apprivoisée. Il employait la plus

Sie spielte mit ihm wie ein junger Hund mit seinem Herrn, ließ sich abwechselnd herumrollen, puffen und schöntun; und manchmal forderte sie den Soldaten heraus, indem sie ihm wie ein Bittsteller die Pranke hinstreckte.

So vergingen ein paar Tage. Diese Gesellschaft erlaubte dem Provenzalen, die erhabenen Schönheiten der Wüste zu bewundern. Von dem Augenblick an, wo er dort Stunden des Bangens und der Ruhe, Nahrung und ein Geschöpf gefunden hatte, dem seine Gedanken galten, war seine Seele von Gegensätzen aufgewühlt. Es war ein Leben voller Widersprüche. Die Einsamkeit tat ihm alle ihre Geheimnisse kund, umgab ihn mit ihren Verlockungen. Im Aufgang und Untergang der Sonne entdeckte er Bilder, die der Welt verborgen bleiben. Er lernte erschauern, wenn er über seinem Haupt das sanfte Flügelschwirren eines Vogels – eines hier seltenen Reisegastes! – vernahm, wenn er die Wolken, schillernde und farbenfrohe Wanderer, ineinander verschmelzen sah. Nachts beobachtete er genau die Wirkungen des Mondes auf das Sandmeer, in dem der Samum gewaltige Wogen, sanfte Wellenbewegungen und rasche Veränderungen hervorrief. Er lebte mit dem orientalischen Tag, bewunderte dessen außerordentliche Pracht, und oft, nachdem er das schreckliche Schauspiel eines Orkans in dieser endlosen Weite genossen hatte, wo die aufgewirbelten Sandmassen rote, trockene Nebel, todbringende Wolken, erzeugten, erwartete er wonnetrunken die Nacht, denn dann senkte sich vom Sternenhimmel die wohltuende Kühle. Von dort her glaubte er Klangfolgen zu hören. Außerdem lehrte ihn die Einsamkeit, die Schätze des Träumens zu entfalten. Ganze Stunden verbrachte er damit, sich an Nichtigkeiten zu erinnern, sein vergangenes Leben mit dem gegenwärtigen zu vergleichen. Schließlich erglühte er für seine Pantherdame, denn er brauchte ja jemanden, dem er seine Zuneigung schenken konnte. Sei es, daß sein kraftvoll sich äußernder Wille das Wesen seiner Gefährtin verändert hatte, sei es, daß sie dank den Kämpfen, die damals in jenen Wüstenstrichen geführt wurden, reiche Nahrung fand, jedenfalls schonte sie das Leben des Franzosen, der ihr schließlich nicht mehr mißtraute,

grande partie du temps à dormir; mais il était obligé de veiller, comme une araignée au sein de sa toile, pour ne pas laisser échapper le moment de sa délivrance, si quelqu'un passait dans la sphère décrite par l'horizon.

Il avait sacrifié sa chemise pour en faire un drapeau, arboré sur le haut d'un palmier dépouillé de feuillage. Conseillé par la nécessité, il sut trouver le moyen de le garder déployé en le tendant avec des baguettes, car le vent aurait pu ne pas l'agiter au moment où le voyageur attendu regarderait dans le désert...

C'était pendant les longues heures où l'abandonnait l'espérance qu'il s'amusait avec la panthère. Il avait fini par connaître les différentes inflexions de sa voix, l'expression de ses regards, il avait étudié les caprices de toutes les taches qui nuançaient l'or de sa robe. Mignonne ne grondait même plus quand il lui prenait la touffe par laquelle sa redoutable queue était terminée, pour en compter les anneaux noirs et blancs, ornement gracieux, qui brillait de loin au soleil comme des pierreries. Il avait plaisir à contempler les lignes moelleuses et fines des contours, la blancheur du ventre, la grâce de la tête.

Mais c'était surtout quand elle folâtrait qu'il la contemplait complaisamment, et l'agilité, la jeunesse de ses mouvements, le surprenaient toujours; il admirait sa souplesse quand elle se mettait à bondir, à ramper, à se glisser, à se fourrer, à s'accrocher, se rouler, se blottir, s'élancer partout. Quelque rapide que fût son élan, quelque glissant que fût un bloc de granit, elle s'y arrêtait tout court, au mot de «Mignonne...»

Un jour, par un soleil éclatant, un immense oiseau plana dans les airs. Le Provençal quitta sa
160 panthère pour examiner ce nouvel hôte; mais après
161 un moment d'attente, la sultane délaissée gronda

als er sie so gut gezähmt sah. Er verbrachte den größten Teil der Zeit mit Schlafen, mußte aber wie eine Spinne in ihrem Netz auf der Lauer liegen, um nicht den Augenblick seiner Befreiung zu verpassen, falls gerade in dem vom Horizont begrenzten Bereich jemand vorüberkäme. Er hatte sein Hemd geopfert, um eine Fahne daraus zu machen, die er zuoberst auf einer entlaubten Palme gehißt hatte. Die Not als Ratgeberin ließ ihn das Mittel finden, die Fahne entfaltet zu halten, indem er sie mit dünnen Stäbchen spannte; der Wind hätte sie ja sonst vielleicht gerade dann nicht bewegt, wenn der erwartete Reisende in die Wüste herüberblickte...

Während der langen Stunden, in denen ihn die Hoffnung verließ, vertrieb er sich die Zeit mit dem Pantherweibchen. Er verstand sich mittlerweile auf den wechselnden Tonfall ihrer Stimme, den Ausdruck ihrer Augen, er hatte die Unregelmäßigkeiten aller Flecken gründlich beobachtet, die dem Gold ihres Fellkleides unterschiedliche Tönungen verliehen. Herzchen knurrte nicht einmal mehr, wenn er sie an dem Haarbüschel, dem Abschluß ihres furchtbaren Schweifes, packte, um dessen schwarze und weiße Ringe zu zählen, diesen reizenden Schmuck, der von fern in der Sonne wie Geschmeide glänzte. Der Franzose betrachtete mit Vergnügen die weichen, zarten Umrißlinien, das Weiß des Bauches, die Anmut des Kopfes. Doch besonders wenn sie herumtollte, sah er ihr mit Wohlgefallen zu, und die Behendigkeit, die jugendliche Frische ihrer Bewegungen setzten ihn immer wieder in Erstaunen; er bewunderte ihre Geschmeidigkeit, wenn sie zum Sprung ansetzte, wenn sie anfing zu kriechen, sich anzuschleichen, sich zu verstecken, sich anzuklammern, sich zu wälzen, sich zusammenzukauern, überallhin loszustürmen. Doch wie schnell auch ihr Anlauf, wie glatt ein Granitblock auch war, auf das Wort «Herzchen!» hin blieb sie sofort stehen...

Eines Tages schwebte bei glühendheißer Sonne ein riesiger Vogel in den Lüften. Der Provenzale verließ seine Pantherkatze, um diesen neuen Gast zu beobachten; doch nachdem sie eine Weile gewartet hatte, gab die zurückgelassene

sourdement. – Je crois, Dieu m'emporte, qu'elle est jalouse, s'écria-t-il en voyant ses yeux redevenus rigides. L'âme de Virginie aura passé dans ce corps-là, c'est sûr! ... L'aigle disparut dans les airs pendant que le soldat admirait la croupe rebondie de la panthère. Mais il y avait tant de grâce et de jeunesse dans ses contours! C'était joli comme une femme. La blonde fourrure de la robe se mariait par des teintes fines aux tons du blanc mat qui distinguait les cuisses. La lumière profusément jetée par le soleil faisait briller cet or vivant, ces taches brunes, de manière à leur donner d'indéfinissables attraits. Le Provençal et la panthère se regardèrent l'un et l'autre d'un air intelligent, la coquette tressaillit quand elle sentit les ongles de son ami lui gratter le crâne, ses yeux brillèrent comme deux éclairs, puis elle les ferma fortement.

– Elle a une âme ... dit-il en étudiant la tranquillité de cette reine des sables, dorée comme eux, blanche comme eux, solitaire et brûlante comme eux...

– Eh! bien, me dit-elle, j'ai lu votre plaidoyer en faveur des bêtes; mais comment deux personnes si bien faites pour se comprendre ont-elles fini?...

– Ah! voilà! ... Elles ont fini comme finissent toutes les grandes passions, par un mal-entendu. On croit de part et d'autre à quelque trahison, l'on ne s'explique point par fierté, l'on se brouille par entêtement.

– Et quelquefois dans les plus beaux moments, dit-elle; un regard, une exclamation suffisent. Eh! bien, alors, achevez l'histoire.

– C'est horriblement difficile, mais vous comprendrez ce que m'avait déjà confié le vieux grognard quand, en finissant sa bouteille de vin de
162 Champagne, il s'est écrié: – Je ne sais pas quel mal
163 je lui ai fait, mais elle se retourna comme si elle eût

Sultanin ein dumpfes Grollen von sich. «Bei Gott! Ich glaube, sie ist eifersüchtig», rief er, als er ihren wieder starr gewordenen Blick sah. «Die Seele Virginies wird in diesen Leib gefahren sein, ganz gewiß!» Der Adler verschwand in den Lüften, während der Soldat das pralle Hinterteil der Pantherin bewunderte. Wieviel Anmut und Jugend lag doch in diesen Umrißlinien! Hübsch wie eine Frau! Das blonde Pelzkleid paßte sich mit feinen Schattierungen den mattweißen Tönungen der Schenkel an.

Das von der Sonne verschwenderisch ausgegossene Licht ließ dieses lebendige Gold, diese braunen Flecken, so glänzen, daß es ihnen unsäglichen Reiz verlieh. Der Provenzale und die Pantherfrau blickten sich verständnisvoll an, die Eitle zuckte zusammen, als sie spürte, wie die Nägel des Freundes ihr den Schädel kraulten, ihre Augen funkelten wie zwei Blitze, dann schloß sie sie fest.

«Sie hat eine Seele», sagte er, als er aufmerksam die Gelassenheit dieser Wüstenkönigin betrachtete, die golden war wie der Sand, weiß wie der Sand, einsam und brennendheiß wie der Sand...

«Schön!» sagte sie zu mir, «Ihre Verteidigung der Tiere habe ich gelesen; aber wie ist denn die Geschichte von zwei so sehr füreinander geschaffenen Persönlichkeiten eigentlich ausgegangen?»

«Ach ja! Sie ist so ausgegangen, wie alle großen Leidenschaften ausgehen: durch ein Mißverständnis. Auf beiden Seiten glaubt man an Untreue, aus Stolz spricht man sich nicht aus, aus Hartköpfigkeit verkracht man sich.»

«Und mitunter in den schönsten Augenblicken», bemerkte sie; «es reicht schon ein Blick, ein Ausruf. Na gut, erzählen Sie doch Ihre Geschichte zu Ende!»

«Das ist furchtbar heikel; aber Sie werden verstehen, was mir schon der alte Haudegen anvertraut hat, als er sich den Rest Champagner einschenkte: ‹Ich weiß nicht›, rief er aus, ‹womit ich sie beleidigt habe; aber sie hat sich umgedreht, als wäre sie wütend gewesen; und mit ihren scharfen Zähnen

été enragée; et, de ses dents aiguës, elle m'entama la cuisse, faiblement sans doute. Moi, croyant qu'elle voulait me dévorer, je lui plongeai mon poignard dans le cou. Elle roula en jetant un cri qui me glaça le cœur, je la vis se débattant en me regardant sans colère. J'aurais voulu pour tout au monde, pour ma croix, que je n'avais pas encore, la rendre à la vie. C'était comme si j'eusse assassiné une personne véritable. Et les soldats qui avaient vu mon drapeau, et qui accoururent à mon secours, me trouvèrent tout en larmes ... – Eh! bien, monsieur, reprit-il après un moment de silence, j'ai fait depuis la guerre en Allemagne, en Espagne, en Russie, en France; j'ai bien promené mon cadavre, je n'ai rien vu de semblable au désert ... Ah! c'est que cela est bien beau. – Qu'y sentiez-vous? ... lui ai-je demandé. – Oh! cela ne se dit pas, jeune homme. D'ailleurs je ne regrette pas toujours mon bouquet de palmiers et ma panthère ... il faut que je sois triste pour cela. Dans le désert, voyez-vous, il y a tout, et il n'y a rien ... – Mais encore expliquez-moi. – Eh! bien, reprit-il en laissant échapper un geste d'impatience, c'est Dieu sans les hommes.

biß sie mich in den Schenkel, freilich nur leicht. Ich dagegen glaubte, sie wolle mich verschlingen und stieß ihr meinen Dolch in den Nacken. Sie wälzte sich, und ihr Schrei ließ mein Herz erstarren; ich sah sie um sich schlagen, wobei sie mich ohne Groll anblickte. Ich hätte sie um alles, wirklich alles, um mein Kriegskreuz, mit dem ich rechnen durfte, dem Leben zurückgeben wollen. Es war, als hätte ich wahrhaftig einen Menschen ermordet. Und die Soldaten, die meine Fahne gesehen hatten und mir zu Hilfe eilten, fanden mich in Tränen aufgelöst ... Nun denn, mein Herr›, fuhr er nach kurzem Schweigen fort, ‹ich habe seither am Krieg in Deutschland, Spanien, Rußland und Frankreich teilgenommen; ich habe meinen Kadaver weit herumgeschleppt, aber etwas der Wüste Vergleichbares habe ich nicht gesehen ... Ach, das ist herrlich!› – ‹Und was haben Sie dort empfunden?› fragte ich ihn. – ‹Oh, junger Mann, das läßt sich nicht erzählen. Übrigens sehne ich mich nicht immer nach meiner Palmengruppe und meiner Pantherfreundin. Außer wenn mir traurig zumute ist. In der Wüste, verstehen Sie, ist alles da und ist nichts da ...› – ‹Aber erklären Sie mir das doch!› – ‹Nun gut!› erwiderte er, wobei er sich zu einer Geste der Ungeduld hinreißen ließ; ‹das ist eben Gott ohne die Menschen.›»

Notizen der Übersetzer

Honoré de Balzac (1799–1850) stammte aus Tours und kam fünfzehnjährig nach Paris. Mit zwanzig brach er sein Jurastudium ab, um seiner Literaturbegeisterung nachgehen zu können. Unter verschiedenen Pseudonymen veröffentlichte er Unterhaltungsliteratur, die jedoch keinen Erfolg hatte. Erst der 1829 unter seinem eigenen Namen erschienene Roman *Le dernier des Chouans* brachte den Durchbruch. Es folgte eine zwanzigjährige Periode fieberhaften Schaffens: Balzac schrieb die *Menschliche Komödie*, ein Sittengemälde des damaligen Frankreich, zusammengesetzt aus einundneunzig Romanen mit wiederkehrenden Figuren. Fast gleichzeitig hatte er, nach dem Vorbild der *Cent nouvelles nouvelles*, geplant, *Cent contes drolatiques* zu schreiben, eingeteilt in zehn Gruppen von je zehn Geschichten. Nur drei solche Zehnergruppen wurden fertiggestellt und 1832–1837 veröffentlicht. Unter dem Nachlaß Balzacs hat man einige weitere Geschichten und Fragmente gefunden, die für nachfolgende «dixains» gedacht waren, doch erscheinen sie im allgemeinen nicht in den Ausgaben der *Contes drolatiques*. Mit diesen *contes grivois* (schlüpfrige Geschichten) bekennt sich der Autor zu seinem Renaissance-Landsmann Rabelais und zu dessen für die Abtei von Thélème ausgegebener Ordensregel: *Fay ce que vouldras*.

Le Réquisitionnaire spielt im November 1793, als die Herrschaft Robespierres und des Wohlfahrtsausschusses schon fast unangefochten war. Carnot, «Kriegsminister» im Wohlfahrtsausschuß, hatte im August die *levée en*

masse befohlen, also die Wehrpflicht für alle Junggesellen und Witwer zwischen 18 und 25 Jahren. Diese *réquisitionnaires* (erst um 1800 kam der Ausdruck *conscrits* auf) verschafften dem revolutionären Frankreich das numerische Übergewicht über die Söldnerheere der verbündeten europäischen Mächte, und zur Zeit unserer Erzählung schlugen sie unter Jourdan die Österreicher bei Wattignies und unter Hoche die Preußen und Österreicher bei Weißenburg. Die Schreckensherrschaft in diesem Winter 1793/94 war erbarmungslos: es genügte, *suspect* zu sein, um aufs Schafott geschickt zu werden. Die sich auflehnende Stadt Lyon war exemplarisch bestraft worden, Toulon den Engländern wieder entrissen, und die Königstreuen aus der Vendée hatten vergeblich auf Verstärkungen aus England gehofft, wie es das Schicksal des jungen Grafen von Dey bezeugt.

Die Erzählung *El Verdugo* spielt in der Zeit, da sich Napoleon in Spanien einem von den Engländern unterstützten Aufstand von Volk, Klerus und Adel gegenübersah. Der Kaiser hat hier seine ersten Niederlagen erlitten; in dem Abnutzungskampf zwischen 1808 und 1813 waren an die 300000 französische Soldaten gefallen. Grausige Vorkommnisse wie das in dieser Erzählung hat es etliche gegeben; ob ihr speziell ein wahrer Sachverhalt zugrunde liegt, konnten die Balzac-Forscher bis heute nicht ermitteln.

Die beiden Erzählungen folgen in der Werkausgabe letzter Hand der *Comédie humaine* (1842–48) so aufeinander wie in unserem Bändchen, und zwar in der Reihe der *Etudes philosophiques*.

Le Napoléon du peuple, die Lebensgeschichte Napoleons aus dem Munde des alten Soldaten Goguelat, ist dem dritten Kapitel des 1833 erschienenen Romans *Le Médecin de campagne* entnommen, der vom Autor im Jahre 1846 in die *Scènes de la vie de campagne* eingereiht wurde. Die Erzählung ist sehr rasch zu einem selbständigen, ungemein volkstümlichen Bericht vom Leben des Kaisers geworden. Wenn man sie recht verstehen will, so muß man sich in die Stimmung der Zeit versetzen: an der militärischen und politischen Bedeutung Frankreichs während des Kaiserreichs und an der jedenfalls theoretischen Freiheit unter dem großen Erben der Revolution wurden die Leistungen der neuen, alten Herren im Land gemessen. Man vergaß nur zu gerne die Blutopfer, die Frankreich hatte bringen müssen, und rezitierte im vertrauten Kreise so kindische Dinge wie das «Glaubensbekenntnis des Liberalen», das uns Lucien Descaves überliefert hat: «Ich glaube fest an das Licht, das uns erleuchtet, an Napoleon, seinen eingeborenen Sohn, unseren Erlöser, der empfangen ist vom Siege, sitzend zur Rechten des Gottes Mars, getauft vom Ruhm, verschachert und ausgeliefert, niedergefahren zur Insel Elba, im elften Monat wieder auferstanden von den Toten, hochherziger und größer denn je, aufgefahren zum Throne...» Was bei so «aufgeklärten» Geistern ins Witzig-Blasphemische gewendet wurde, das nahm bei den einfachen Leuten wie unserem Goguelat ganz natürlich

die Formen eines treuherzigen Aberglaubens an. Bei der phantastischen Ausschmückung der Napoleonlegende unterlaufen dem Erzähler Goguelat – oder dem von seinem großen Gegenstand hingerissenen Balzac? – auch sachliche Schnitzer. So gab es in Wirklichkeit nicht nur einen, sondern zwei Überlebende der Brückenbaupioniere des Generals Eblé. Und der Leser wird selbst gemerkt haben, daß zum Beispiel das unentschieden gebliebene Treffen von Eylau zu einem großen Siege umgemünzt und offenbar mit der Schlacht bei Austerlitz verwechselt wird. Solche kleinen Ungenauigkeiten werden aber reichlich aufgewogen durch das Fugato des ganzen Berichtes und durch die köstliche Sprache, diese abwechselnd grob bramarbasierende und gewählte, fast gespreizte Ausdrucksweise des alten Soldaten.

Le Vieulx-par-chemins ist die siebte Geschichte des dritten Zehnts der *Contes drolatiques.* Das im Titel angedeutete und im ersten Abschnitt ausgeführte Wortspiel *(Le Vieulx-par-chemins / velin = parchemin vierge* «feines Pergament») läßt sich im Deutschen kaum nachahmen. Zugrunde gelegt wurde nicht, wie in der «Bibliothèque de la Pléiade», der Text der Erstveröffentlichung, sondern die Fassung der Ausgabe von 1855 (illustriert von Gustave Doré) mit den Korrekturen, die Balzac in sein Handexemplar angebracht hat, das im Musée de Chantilly aufbewahrt ist. Die Unterschiede zwischen den beiden Fassungen sind fast ausschließlich solche der Schreibweise. Der Autor hat Wörter und Wendungen aus der französischen Literatur des 12. und 16. Jahrhunderts entlehnt bzw. einfühlsam erfunden.

Einige Anmerkungen:

Seite 125, Zeile 14 v. u.: «mit schönem Gesäß»

Seite 125, Zeile 10 v. u.: Bei Samuel (2. Kg 11,2) steht es anders: «*Eines Abends* stand David von seinem Lager auf und lustwandelte auf dem Dach des Königspalastes. Da sah er ein badendes Weib von überaus schöner Gestalt.»

Seite 129, Zeile 4: Diese Entsprechung des auf Rabelais (Pantagruel, Kap. XXI) zurückgehenden «maistre Iean Chouart» stammt von Goethe *(Das Tagebuch):* «Doch Meister Iste hat nun seine Grillen / Und läßt sich nicht befehlen noch verachten ...»

Die Novelle *Une passion dans le désert,* erschienen 1830 in «La Revue de Paris», wurde von Balzac 1846 in der *Comédie humaine* den *Scènes de la vie militaire* zugeordnet. Neben die Gewalt der Leidenschaft tritt hier das Motiv der Gewaltlosigkeit. Dessen Behandlung erinnert an Goethes Bericht von der Bändigung eines Löwen in seiner Novelle von 1827.